道後温泉　湯築屋❻

神様のお宿に
幸せの願いを結びます

田井ノエル

双葉文庫

神様のお宿に幸せの願いを結びます

目次

contents

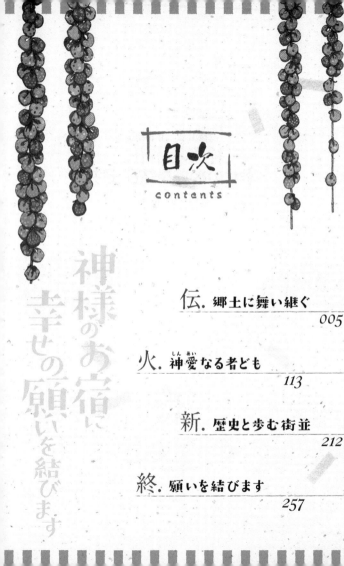

湯築《ゆづき》九十九《つくも》
道後の温泉旅館『湯築屋』の若女将。
稲荷神白夜命に仕える巫女で妻。
シロ
稲荷神白夜命《いなりのかみびゃくやのみこと》。
『湯築屋』のオーナー。
コマ
『湯築屋』の仲居。
狐だが変化が苦手。
道後温泉
6
湯築屋

カランコロン。

古き温泉街に、お宿が一軒ありまして。

傷を癒やす神の湯とされる泉——松山道後《まつやまどうご》。この地の湯には、神の力を癒やす効果があるそうで。

そのお宿、見た目は木造平屋でそれなりに風情もあるが、地味。暖簾《のれん》には宿の名前である「湯築屋《ゆづきや》」とだけ。

しかしながら、このお宿。普通の人間は足を踏み入れることができないとか。

でも、暖簾をくぐった客は、その意味をきっと理解するのです。

そこに宿泊することができるお客様であるならば。

そう。

このお宿は、神様のためにあるのだから。

伝. 郷土に舞い継ぐ

1

深い水底へと意識が沈んでいく。

もう、この感覚にも慣れたもので……九十九《つくも》はなすがままに身をまかせていた。

ここは夢の中だ。

夢と言っても、九十九にとっては日常の一部と化しつつあった。これは湯築《ゆづき》の巫女が代々受け継ぐ夢——夢で学ぶのだ。

湯築の巫女は継承されていく。その流れを絶やさぬための夢だった。最近まで、九十九からはこの夢に関する記憶が消えていたが、今ははっきりと覚えていられる。

ここには、月子《つきこ》がいるのだ。

最初の巫女であり、神様のために開かれた温泉旅館「湯築屋」の創始者でもある。今は巫女の夢に住み、神様の秘術を継承する役割を持っていた。

九十九が夢にもぐると、月子が迎えに来る。それを待っていればよかった。

だが、この日は具合が違うようだ。

どこまで奥へ意識が沈んでも、月子に出会える気配がなかった。

九十九は不安になって、辺りを見回す。

水に沈む感覚があっても、実際には水中ではない。周囲は昏《くら》い夜空のような、澄んだ闇が広がっている。遠くまで見えるようで、見渡せない。

寂しい場所だ。

夢であり、イメージ。現実にこのような場所があるわけではない。それに、これは九十九の主観であった。

しかし、一人で投げ出されるには、広くて寂しい世界だと思う。

「月子さん？」

どこかにいますか？　九十九は虚空に声を投げかけた。

手には、いつの間にか白い羽根が一枚ある。「羽根のように軽い」とは言うが、これには重さという概念がないように感じた。光源が存在しない闇の中でも、純白の光をまとっているかのようだ。

九十九は羽根をふる。

まばゆい光とともに、白い羽根が上からたくさんふってきた。羽根は沈んでいく九十九の足元に、雲の如く集まる。九十九は、そこに足をのせた。

歩ける。

前に進めるのを確認して、九十九は一歩踏み出した。

この羽根はシロ——否、天之御中主神《あめのみなかぬしのかみ》のものだ。この力を使いこなすために、九十九は月子に術を学んでいる……まだ夢の中でしか使えない。

「月子さん」

九十九は呼びながら、羽根の上を歩いていく。

一方で、予感もしていた。

誰かが、こちらを見ている。

足元を漂う羽根の道が、ふわりと揺れた。風など吹いていないのに、風になびくようだった。

やがて、頭上から白い光がおりてくる——闇を洗うようなまぶしい……白鷺だった。

白鷺は神の使いだと言われるが、違う。この白鷺は神である。九十九はその正体を知っていた。

「天之御中主神様、なにか？」

九十九は目の前に降り立った白鷺——天之御中主神に問う。

天地開闢《かいびゃく》の際、最初に現れた原初《はじまり》の神。別天津神《ことあまつかみ》と呼ばれている。天津神《あまつかみ》や、国津神《くにつかみ》とはわけて考えられ、根本的な影響力を持つとされていた。日本神話において、最初に記述されるが、以降の詳細がない。

だが、すべての神に役割がある。

天之御中主神は、原初の神であり、終焉《おわり》を待つ神。ただ世を見届けるために存在している。

そして、今は――。

『其方《そなた》は』

白鷺の嘴《くちばし》が少し開くと、声が聞こえてきた。頭の中に直接流れ込むような声だ。耳を介さないため、不思議な気分になる。夢なのに、妙にリアルだ。

『虚しくはならぬか?』

「虚しい?」

九十九は眉を寄せる。

なにを意味しているのか、わからない。

だが、なぜだか九十九の脳裏には、浮かんでくる顔があった。

『我《わし》のものになればよいのに』

「!?」

九十九の足場に敷き詰められていた白い羽根が、一斉に舞いあがる。それは一瞬のできごとで呆気なく。九十九には為す術がなかった。

「――――!?」

身体を支えていた羽根の足場が消え、九十九は再び闇の中へと沈んでいく。水の底へ沈んでいくような、独特の感覚である。

落ちていく恐怖心はない。

ただ手を伸ばして、天之御中主神を見あげた。

まだ、話したいことが――。

♨　♨　♨

「――――!?」

飛び起きるように、両目を開く。

長い間、息が止まっていたかのような。それくらい心臓の音が大きくて、身体中にたくさん汗をかいていた。息苦しくもないのに、呼吸が荒い。

九十九はパジャマの袖で、汗を拭う。もぞもぞと布団の中で丸くなり、身体をおちつけようとした。

夢の内容は、覚えている。

そのせいか、妙に不気味な気分になった。

――我のものになればよいのに。

白鷺となった天之御中主神の声が頭の中で反響している。内容よりも、その声音が九十九の身体を震わせた。

あまり感情の見えない声だ。なにを考えているのか、わからない。言葉の意味は読みとれるのに、その真意がまったく不明なのだ。

声というよりも、音。

湯築屋にはたくさんの神様が訪れる。彼らは人間と同じような部分も多いが、基本的に異質の存在だ。九十九とは相容れない考え方もある。

だが、天之御中主神は……そんな神様たちとも違う。

人間などには、とうてい理解できない。

超越したなにかを感じさせた。

「…………」

「…………」

しばらくして、九十九は違和感に気がつく。

布団が……思ったよりも、暖かい……うん、暖かい。しかも、九十九のうしろ側が妙に盛りあがっている。

……九十九は半目になりながら、思いっきり足で後方を蹴った。猫のように。布団に寝たまま、勢いをつけて膝を曲げる。

「ッたァ！　九十九ぉ!?」

九十九の布団にもぐり込み、ぬくぬくとしていた存在が声をあげた。九十九はすかさず、肘打ちもする。

「げふっ」

「シロ様！　勝手に入って来ないでくださいよ！」

そう叫びながら、九十九は布団の外へと退避した。畳を這うように転がり、素早く受身をとる。寝起きにしては、なかなかの身のこなしだ。

布団に取り残されたシロが、こちらを恨めしそうに見ている。

白い絹束のような髪の上で、狐の耳が動いていた。藤色の着流しや、大きな尻尾はあいかわらず。琥珀《こはく》色の瞳は神秘的な魅力があるはずなのに、今は子供っぽく九十九を睨んでいる。恐ろしく顔の整った美青年であるが……言動がすべてを台無しにしていた。

これでも、神様だ。温泉旅館・湯築屋のオーナーにして、れっきとした神の一柱。稲荷《いなりの》神白夜命《かみびゃくやのみこと》である。湯築屋では、親しみを込めて「シロ様」と呼んでいた。

そして、不本意なことにこの神様は……九十九の夫でもある。まことに遺憾だ。もっと、威厳を持ってほしい。

「添い寝くらい、よいではないか！」

「よくない！　勝手に部屋へ入らないでくださいっていつも言っていますよね⁉」

「つい！」

「威張らないでくれます⁉」

「いや、誤解……」

「布団にまで入ってきて、誤解はないでしょう」

苦しい言い訳だ。九十九は枕をシロの顔目がけて投げつけた。枕は面白いほどまっすぐ、シロにヒットする。

これくらい綺麗に決まると、気持ちがいい。

「九十九がうなされておったから！」

枕を顔から剥がして、シロが言い訳を重ねる。九十九は聞く耳を持たないつもりで、まだ暖かい布団を持ちあげ、まるでショベルカーが穴を埋めるようにシロへ被せる。バサッと。

「ばふっ……せっかく、儂《わし》が引き戻したのに！」

布団の上からグイグイとシロを押さえつけると、そんな言葉が聞こえてきた。

九十九は、はたと夢のことを思い出して、手を止める。

「引き戻した？」

暗闇にもぐっていく不気味な記憶がよみがえった。夢だとわかっているのに、妙にリアル。いつもと同じで、すぐに帰ってこられると理解していたが……どこかに、もう二度と浮上できないのではないかという恐怖もあった。

夢が覚めたのは、シロ様のおかげ？

力を緩めると、シロが布団の下から這い出てきた。九十九はどういう対応をすればいいのか悩んでしまう。

夢の中で九十九と会話したのは、月子ではない。

天之御中主神。

原初の神であり、終焉を見届ける別天津神——今は、稲荷神白夜命と同化している。二柱の神は別々でありながら、同一でもあった。

非常に在り方が特殊だ。以前にシロは自身の存在を「ゆがんでいる」と評したが、まさしくそうである。

コインの表裏のような……。

「あの、わたし……危なかったんですか？」

九十九には、そういう認識はなかった。天之御中主神は、未だによくわからない神だが、九十九に危害を加えるとは思えない。あのまま九十九を夢の中に閉じ込めるのは可能だったかもしれないが……実行するとは考えられなかった。

しかし、神様のことは神様にしか理解できないものだ。

九十九には察知できない危機が迫っていた可能性は否定できない。

神妙な面持ちになりながら、九十九はシロの顔を見る。シロは、あいかわらず子供みたいな表情をしながら「これが塩対応というやつか……」と、つぶやいている。うん、塩対応じゃないですからね。

「危険というより」

シロは一瞬、九十九の視線から逃げる。

「九十九が……あれと話すのは、嫌だったのだ」

あれとは、天之御中主神のことだ。

シロは言いながら、九十九の髪に触れる。白髪のシロとは違い、標準的な日本人の髪色だ。いつも結っているせいで、癖も強い。

そんな九十九の髪を、シロは実に愛しそうな顔でなでる。

「そんな子供みたいな理由で……」

九十九は反射的に、シロの手を払いたくなってしまう。が、躊躇《ちゅうちょ》した。

温かい指先が、髪の間をすり抜ける感触が心地よい。そのまま、九十九の頬へと移動し、なんだかくすぐったくなる。

シロが九十九を夢から引き戻した理由は、とても単純だった。神様とは思えないくらい幼稚で、短絡的だ。

それでも、以前のように記憶が消されたり、真実を隠されたりするよりはいい。九十九の心は、幾分か軽く感じた。

本当は天之御中主神に真意を聞いてみたい。シロのことや、湯築屋のこと、月子のことを、どう思っているのか。

結界の中にシロを閉じ込めて、どうしたいのか。

九十九は聞いてみたいのだ。

しかし、シロの気持ちも蔑《ないがし》ろにしたくない。彼は九十九と天之御中主神の接触を嫌がった。どちらも、九十九の気持ちだ。

「儂は九十九を離したくない」

なんでそんなこと言うの？

シロは九十九の前に顔を近づけながら、指先で唇に触れる。それだけでどきどきして、九十九はなにも考えられなくなっていた。

「九十九がどこへも行かぬように……結界を閉じたいくらいだ」

ずっと、ずっと、湯築屋から出られないように。

九十九を閉じ込めてしまいたい。

シロの主張が伝わってくる。

「だが、それは九十九が望まぬのだろう？　此れは儂の身勝手であろう？」

それでも、シロはきちんと、わかろうとしている。九十九をわかろうとしてくれていた。

自分勝手に神の道理をとおしたりはしない。九十九の自由を尊重しようとしていた。

嬉しい。

とても。

九十九の胸には、素直な気持ちがあふれていた。

同時によくない感情もわいてしまう。

シロはずっと湯築屋にいる。どこへも行けず、結界に縛られたままだ。永いときを、そうやって過ごしてきた。

そんなシロが九十九を想ってくれているのなら——応えてあげたい。

九十九は人間だ。シロと永遠に一緒ではない。いつかシロの前からいなくなってしまうのだ。それは呆気なく、すぐのことかもしれないし、何十年か先の話かもしれない。

だが、確実にいなくなる。

それはシロにとっては、永い時間の一幕に過ぎなくて。

だったら……。

「…………」

しかし、駄目だ。

わからない九十九ではなかった。

九十九は自らの意志で大学を受験し、学校へ通っている。湯築屋の外にだって、大切な友達がいた。

蔑ろにはできないし、しないと決めている。一瞬でも、迷った九十九が馬鹿なのだ。

きちんと自分の時間を生きなければならないと、いろんな人が教えてくれた。人ばかりではない。神様や妖《あやかし》、鬼のお客様も――。

「九十九」

シロの顔が徐々に近づく。

前のめりになったシロの肩から、白くて美しい髪が落ちる。こういうときなのに、いや、こういうときだからこそ、ふとした動きが目にとまった。琥珀色の瞳は透きとおっていて、鏡のように九十九の姿が映っている。

息が止まりそうだった。

シロとの婚姻は、九十九が生まれたときに決まったのだ。湯築の巫女はシロの妻となる。

だから、その関係は形式上のもので、感情までは強制されない。

けれども、九十九はシロが好きで……シロも九十九を想ってくれている。

いや、でも……いきなりこれは……だけど、もう十八年も夫婦だし……？

き、緊張で頭が……。

視界がクラクラしてきた。どうしよう。逃げる理由も、場所もない。

「若女将《わかおかみ》っ！　若女将ぃ！」

そのとき、襖《ふすま》の向こうからタッタッタッと音がする。

子狐のコマが母屋の階段をのぼり、九十九の部屋に近づいているのだ。足音は小刻みで、
やがてトコトコッと部屋の前に立ったのがわかった。

見られちゃう！

「う……」

九十九は、とっさに目の前まで迫ったシロの肩を押して突き放した。そして、ぐしゃぐ
しゃに丸まっていた布団を投げつける。

「ぬあっ！　九十九ぉ!?」

シロは情けない声をあげながら、再び生き埋めになった。布団で。

間髪を容れずに、襖が開く。予想したとおり、コマがちょこんとお辞儀をした。

「若女将、おはようございますっ！　ご朝食ができましたので、お呼びに……あれ？　ど
うなさったのですか、白夜命様？」

部屋の中を見たコマは、布団に埋もれて駄々をこねているシロに首を傾げる。九十九は

素知らぬふりをしながら、「ありがとう、コマ！　今日もがんばりましょう！」と、元気に背伸びしてみせるのだった。

こうやって、湯築屋の一日がはじまる。

2

湯築屋の朝は早い。

なにせ、しなければならないことがたくさんある。いつもは眠いので気合いを入れるのだが、今日は誰かさんのおかげで、すっかり目が覚めてしまった。

九十九はツツジの着物を纏《まと》い、袖を襷《たすき》掛けにする。簪《かんざし》も、ツツジであわせておく。着物の柄を選ぶのも若女将の仕事の一つだ。女将や若女将は、少し華やかなほうがいい。だが、華美でもいけない。匙加減がむずかしかった。

四月から九十九は大学に通っている。

高校までは、平日の仕事には参加できなかった。一方、大学では時間割《カリキュラム》がある程度自由に組める。一時限目がない日は、余裕があるので九十九も朝の仕事をするようにしていた。

厨房では、料理長の幸一《こういち》がお客様たちの朝餉《あさげ》を作る真っ最中だ。とても忙しそうである。

「おはようございます。お父さん、将崇《まさたか》君」

幸一と一緒に準備をしているのは、刑部《おさかべ》将崇。この春から、湯築屋で正式なアルバイトとして厨房に入っている。

「おう、おはよう」

将崇は九十九にあいさつを返してくれるが、すぐに料理へ視線を戻す。千切りの途中だった。集中力を削いでしまっただろうか。とても真剣そうなので、九十九は思わず微笑んだ。

将崇は化け狸である。

最初は人間の生活に馴染めなかったが、今はすっかり溶け込んでいた。将来は自分の料理屋さんを開きたくて、人間の調理師免許取得を目指して専門学校へ通っている。湯築屋でのアルバイトは、そのための修業でもあった。

「つーちゃん、もう少しかかりそうだよ」

幸一が味噌汁の味を確認しながら言った。ふわりと優しい出汁の香りに、心がほっとする。そして、それを作る幸一の笑顔も、九十九を安心させた。

「うん、わかった」

ここは二人にまかせて大丈夫だ。将崇がアルバイトをはじめてから、九十九が厨房を手伝う機会は減った。

さて。その間に、浴場の清掃をしますか。

浴場の清潔を保つため、定期的に清掃している。せっかく、お客様は湯築屋に羽を伸ばしに来ているのだ。綺麗なお風呂で、充分にリフレッシュしてほしかった。

湯築屋――道後温泉の湯には神気が宿っている。

神様や妖を癒やす湯なのだ。そのため、多くの神様がお客様として訪れる。文字通り、湯築屋の「お客様は神様」だ。しかし、癒やしに必要なのは湯の効能ばかりではない。九十九たちの仕事は些細《ささい》かもしれないが、お客様のためには大事なことだと思っている。

本日ご宿泊のお客様たちも、そんな湯築屋で神気を癒やしに来てくれていた。

「失礼します」

九十九は断りを入れてから、浴場の扉を開けた。滑らないように、浴場用の下駄を履いて足を踏み入れる。

湯築屋の浴場は道後温泉の湯を引いた露天風呂だ。もわっと湯気がのぼる湿気を感じながらも、屋外なのでこもった蒸し暑い不快感はない。

頭上には太陽も月も、星さえもない藍色の空が広がっていた。黄昏《たそがれ》の瞬間にも似た色は、どこまでも澄み切っている。湯築屋の庭の外には、ずっとこの空と同じ虚無の空間が存在しているのだ。

湯築屋は結界に囲われ、現世と切り離された異界の宿屋である。道後温泉街にありながら、現世とは隔絶された空間だ。周囲にあるはずの建物も、人々も、なにもかもが存在しない。

結界を支配するのは稲荷神白夜命であり、ここではどのような神であっても力を制限される。代わりに、結界の主は、外界へ出られず縛られていた。

ここは檻のようなものだ。

そう評するお客様もいる。

結界に縛られたシロや天之御中主神を指した言葉だ――以前は意味がわからなかったが、今の九十九なら理解できる。

「滑ったぁ♪　滑ったぁ♪」

「ツルとカメが滑ったぁ♪」

奥の浴槽から歌が聞こえてきた。ふわふわとした声とリズムは、妙に耳心地がよかった。音程はデタラメだったが、なんだか楽しそうだというのが伝わってくる。

「わわ。ばあちゃん、来たよ来たよ」

「ほんとよ。嗚呼《ああ》、よう来たのう」

気持ちよく歌っていた主は、九十九の存在に気づいたようだ。

大きな石に囲まれた浴槽に浮かんでいるのは、一匹と一羽。緑色の亀と、小柄な丹頂《たんちょう》鶴《づる》であった。両者とも丸っこい見目をしており、風船のように湯船を漂っていた。ぷかぷかと。

もちろん、お客様である。

亀がカメで、鶴がツルだ。

「ぷしゅー」

カメが湯船で仰向けになりながら、噴水のように湯を吐いた。ツルはその噴水にあわせて羽を広げ、くるくると水面をスケートのように滑っている。曲芸みたいに見事で、九十九は思わず両手を叩いた。

「ほれほれほれ」

「ほいさほいさ」

九十九に見られて気をよくしたのか、ツルとカメはポーズをとった。ふわっとした歌声とリズムに反して、動きにはキレがある。ぬいぐるみっぽい容姿も相まって、心がほっこり温まった。

「ところで、ばあちゃん」

「なんぞ、カメ」

「あんなぁ、あの子」

「ほうほう、あの子」

「ほうよ、あの子」

ツルとカメは急に、九十九を示して顔を見あわせた。九十九に、なにかあるのだろうか。

頻《しき》りに「あの子」「あの子」と呼ばれると、なんだかむずむずする。

「あの子、やっぱ痩せとるねぇ?」

「ほうなんよ。痩せとるんよねぇ?」

「太らせないけんねぇ」

「もっと、食べないかんねぇ」

九十九は自分の身体を見おろした。

そ、そんなに、痩せてるのかな……?

苦笑いしてみるが、ツルとカメは「なに食べさせるぅ?」と、献立まで考えている。勝手に話を進めないでほしい。

「あ、あの……お客様?」

九十九は太っているわけではないが……痩せすぎているとも思えなかった。そう自分では信じている。そうだよね!?

体重計にのるたびに、上下する数値に一喜一憂する高校生、いや、もう大学生だ。太るのは悲しい。うん、悲しい。体重は自分が一番理解している。痩せている、と胸を張れるものではなかった。

だからこそ、反応に困る。相手がお客様であるだけに、なおさら。

「お米、お食べ」

「麦も、お食べ」

ツルとカメは湯船から頭だけを出して、こちらに呼びかけた。九十九は「あはは……」と、誤魔化してみる。

「なるほど……よかったな、九十九。安心して太ってもいいようだぞ」

困惑している九十九の隣から声がする。

びっくりして横を見ると、シロが立っていた。嬉しそうにもふもふの尻尾を左右に揺らしながら、九十九を見おろしている。

「そうだ。一緒に六時屋《ろくじや》のアイスもなかを食べようではないか。小さいころから、好きであっただろう？　買ってくるのだ！」

などと言いながら笑っていた。

神様たちは神出鬼没だ。ひっそりと姿を隠して、唐突に現れる。シロについては、いつも九十九を見守っており、もはやストーカーだ。

突然出てきたシロに、九十九は驚いて口をパクパクさせる。だが、やがて頭の中が冷静になってきた。

「シロ様……」

九十九はなんとか言葉をしぼり出す。

「こちらは、女湯です！」

お客様が入浴中なのに、安易に出てこないでほしい。この際、九十九が太るとか、太らないとか、六時屋のアイスもなかとか関係なかった。

いくらお客様の見目が丸っこくても、ここは女湯である……そう。湯築屋の結界の管理者はシロだから、どこにいようと彼の視界に入るとしても。モラルというものがある！

「すまぬ……」

シロは神妙な面持ちで九十九に向きなおった。どうやら、自分の非を理解してくれたようだ。九十九も安心して、放り出せるというもの。

「誤解だ、九十九。儂は女湯をのぞきに来たわけではないのだ。九十九をのぞきに来たのだ！」

「なに誤解してるんですか⁉　そうじゃなくて、お客様に失礼だという話をしてるんですよ！　行きますよ！」

うん、心置きなく放り出そう。この駄目神様に、容赦はいらない。

「お客様！　うちの神様が、ご迷惑をおかけしました！」

九十九は叫びながら、シロの尻尾をつかんだ。シロはくすぐったそうに、「ひぃ！」と声をあげながら、飛び跳ねる。九十九はシロが怯《ひる》んだ隙を突いて、襟首を捕獲した。そのまま、うしろへ引きずるように浴場から退場する。

「九十九が冷たい」

「シロ様が悪いんです！」

湯船に沈めなかっただけマシだと思ってほしい。

九十九は浴場用の下駄を脱ぎ捨てる。

「さては、九十九……儂が浮気せぬか心配しておるのか？」

「そんな心配はしてません。お客様のプライバシー保護です！」

「またまた……」

「違います！」

なにをトンチンカンなことを言っているのだ、この駄目夫は。九十九は呆れ返りながら、女湯をあとにした。


気を取りなおして……朝餉の配膳だ。

厨房では、幸一と将崇がしっかりと仕事を終えていた。今日はご宿泊のお客様が多かったので、いつもより忙しい。

九十九はお膳を三つ重ねて持ちあげた。重量はあるが、この程度なら慣れている。

本日の朝餉は真鯛《まだい》の西京《さいきょう》焼きを中心にしたベーシックな和食メニューだ。しかし、九十九の運ぶお膳だけは特別仕様である。

これは重信《しげのぶ》の間へ運ぶお膳だ。本日の宿泊客は一年に一度、必ず来館する湯築屋の常連客だった。

「お食べよ、お食べ」

「いっぱいお食べよ」

ところが、お膳を運ぶ九十九を、廊下の隅からヒソヒソとながめる影が二つ。

「う……」

やりにくい。

さきほど、浴場にいたツルとカメだ。もう朝餉の時間なので、温泉からあがったらしい。小さなお客様用の浴衣に袖をとおし、二足歩行で歩いている。あまり違和感がないのは、見目がぬいぐるみのようだからか。

九十九の一挙一動を見ながら、「お食べ」と言ってくるので、気まずい……九十九は太りたくないのに。

「それ、持って行かんでもええけん、あんたがお食べよ」

「うちらはいらんけん、食べてもええよ」

「………」

九十九のあとを追うように歩く一匹と一羽。彼らがどこへ行くつもりなのか、九十九は知っている。なので、このまま進むしかない。

やがて、九十九は目的の部屋についた。

「失礼します」

重信の間で九十九は一旦、お膳を置いて扉を開けた。すると、それまでうしろを歩いていたツルとカメが、隙間をすり抜けるように、するするっと中へ入っていく。あいかわらず、身のこなしが軽い。

「父ちゃん、カメもんたよー」

「ツルも。もんてきた、もんてきた」

ツルとカメは伊予《いよ》弁で「ただいま」と言っている。

伊予弁のやわらかい響きは独特だ。関西弁や九州弁のようでありながら、まったく違う。語尾に強さがなく、穏やかに聞こえるのだ。

もちろん、愛媛《えひめ》県内でも気質の違いがある。言葉が微妙に通じなかったり、強めに聞こえたりする地域もあった。

「湯はどうだった？」

ツルとカメに応えたのは、とても和やかな声だった。おっとりで、のんびりとしている。優しくて、温かくて、包み込まれるようなしゃべり方だ。

「おはようございます、作兵衛《さくべえ》様」

九十九があいさつすると、宿泊客――作兵衛が頭を掻いた。

大きめのトレーナーに、ヨレたジーンズという格好は、どこにでもいそうな人間に見える。寝癖のついた髪は、寝起きを示していた。温和そうな表情のせいか、無精者というよりも親近感がわく。

作兵衛は松山市《まつやま》に隣接する、松前町《まさき》で信仰される神様である。

神様と言っても、もとは人間、それもお百姓だ。

江戸時代、享保《きょうほう》の大飢饉《だいききん》によって多くの百姓が食えず、飢えていた。作兵衛の村も例外ではない。それでも、彼は一心に畑を耕し続け、やがて、衰弱していった。

ついに倒れた作兵衛の枕元には、来年まく予定の種麦があったという。村人たちは、飢えを凌《しの》ぐために、作兵衛に種麦を食べることを勧めた。

しかし、作兵衛は村人たちからの提案を断ったのである。

これを食べれば、村から来年の種が尽きてしまう。そうなれば、もう未来はない。今、自分の命を繋ぐよりも、明日に繋げたい。そんな遺言を残して、作兵衛は種麦を食べずに亡くなった。

作兵衛の遺志を継いだ村人たちは、残された種麦を大切に育て、飢饉を乗り越えたという。死後、作兵衛の功績を称えて、義農《ぎのう》という名が与えられ、後世に伝えるために碑や義農神社が建立された。義農作兵衛として、現代まで語り継がれている。

神様としては比較的新しい時代から信仰されはじめていた松前町を中心に作兵衛の伝説は継承され、毎年、義農祭も開催されている。

作兵衛はこの義農祭の前に、必ず湯築屋へ宿泊していた。

目的は……ごはんである。

「今日も美味そうだ。湯築屋さんには、本当に感謝だな」

朝餉の膳を前に、作兵衛がほくほくとした表情で手をあわせる。

作兵衛のメニューは他のお客様と違って特別だ。なにせ、すべて裸麦《はだかむぎ》を使用した膳なのである。

お櫃《ひつ》のごはんは、もちろん麦飯だ。山盛りある。おかずはとろろ山芋、鶏そぼろ、しらす大根など、麦飯にあうものばかりを用意した。デザートに、小さな麦ぜんざいもつけている。

ちなみに、湯築屋の味噌は基本的に麦味噌を使用していた。愛媛県は日本一の裸麦の産地であり、全国的にも珍しい麦味噌文化が根づいている。代表的な製品は、「ギノーみそ」。もちろん、義農作兵衛に由来した名前だ。

自身を犠牲にして村を救った作兵衛の精神は、現代まで脈々と受け継がれている。信仰される地域が限定的で、新しい神様ではあるが、人々の生活に根ざしていた。

「毎年、食べさせてくれる二人にも、感謝しねぇと」

作兵衛は言いながら、両脇に並ぶツルとカメを見おろした。

「お父ちゃん。お食べ、お食べ」

「太らないかんよぉ」

実のところ毎年、作兵衛を湯築屋へ連れてくるのは、ツルとカメなのである。彼らは見た目どおりの鶴と亀なのだが……九十九は作兵衛の縁者だと聞かされていた。作兵衛が神様として形を得たとき、一緒にいたらしい。

文献には、作兵衛の母の名がツル、娘がカメと記載されているが、はっきりと二人に関係があるかは定かでないようだ。ただ、飢えて亡くなった作兵衛を想ってか、彼に食事を勧める。

神様に食事は必要ない。彼らが食事を摂る多くの理由は、嗜好品としてである。食べなくても飢えないし、食べすぎても太らない。ただ楽しむために食事をするのだ。

だが、ツルやカメが作兵衛に食事を勧める理由を、九十九はなんとなく理解できる気がした。説明はむずかしいが……はっきりと言語化できないのがもどかしい。

「いつも、湯築屋をご利用いただき、ありがとうございます」

九十九が頭をさげると、作兵衛はにこりと笑ってくれる。

「こちらこそ。湯築屋さんの料理は好きなんだ……じゃが、今日はまた新しい味がするね」

九十九は厨房に入った将崇のことを思い出す。毎年、湯築屋の料理を食べている作兵衛には、違いがわかるのだろう。楽しそうに目を細めて、箸を動かした。

「素直じゃねぇが、優しい味だ。根本は料理長とよく似ているよ」

「そうですね……ありがとうございます。厨房にお伝えしますね」

将崇は喜んでくれそうだ。

九十九も嬉しくなりながら、重信の間をあとにした。

3

九十九は大学生になり、初めて知ったことがある。

少年式は愛媛県にしかないらしい。

本当に……ないのである。

九十九が春から通っている大学は、松山市内の学校だ。しかしながら、意外と県外からの学生も多い。

ふと、中学時代の話題があがったときのことである。九十九が堂々と「少年式に作った砥部焼《とべやき》のお皿、今もまだ使ってる」と話したところ、「しょうねんしき?」と首を傾げられてしまったのだ。

愛媛県では中学二年生、すなわち、十四歳の年に「大人への一歩を踏み出す」式が行われる。体育館で講演会を聞いたり、ボランティアをしたり。学校によって様々だろう。九十九の学校は、砥部焼の皿に絵付けをし、それを記念品とした。

昔の元服《げんぷく》に由来して行われ、大人になるための心構えをする。そのときにクラスで作った文集も、まだ家の引き出しにあるはずだ。成人式よりも一足早く、大人になるという意味を考える。

当たり前のように経験した行事だ。湯築屋の仕来《しきた》りや、シロとの結婚に比べると、だいぶ一般的な通過儀礼だと思っていた。

しかし、この少年式……他県にはないというではないか。びっくりである。「立志式」や「立春式」という呼び方で、似たような行事をする県もあるようだ。だが、「少年式」という呼称は、愛媛県特有のものだった。

初耳だ。

県外から来た学生は「なにそれ？」といった表情であったが、九十九からしても「なにそれ？」という話である。カルチャーショック。同じ日本人なのに！　まさに、未知との遭遇！

新しい出会いや環境は、そのような小さな衝撃も多々与えてくれる。逆に言えば、新鮮だ。これも楽しみの一つだろう。

九十九は、マッチ箱のようなオレンジ色の路面電車からおりて、キャンパスへ向かう。

九十九と同じ方向へ歩く学生もたくさんいた。

大学生活は高校までとは明らかに違う。

新しい刺激もそうだが……まず、服だ。

高校までは制服なので、着るものに迷うことはなかった。けれども、大学は私服だ。毎日、服を選ぶのは、朝の悩みとなっている。

なにせ、授業を受けやすい服装で、且つ、それなりに可愛くしておきたい。派手すぎるのは駄目だが、地味すぎるのも浮いてしまう。周囲の雰囲気にあわせたコーディネートをする必要があった。

旅館の着物選びのほうが楽だ。

さらに、一週間同じ服もよくない。さらにさらに、曜日ごとに受ける授業が決まっているのも忘れてはならなかった。一週間のローテーションを組んで服を着回そうとすると、毎週同じ服で同じコマの授業を受ける事態になり……要するに、とても面倒くさい。とてもとても、気をつかう。

うなじで、ぴょんっぴょんっとポニーテールの毛先が跳ねるのは、いつものことだ。ブラウスについたリボンはひかえめに、ちょこんとしている。膝丈のスカートが歩調にあわせて揺れた。

入学前に買い、まだ二回ほどしか着ていない新しい服だ。周りから見ておかしくないか、子供っぽすぎないか、気になってしまう。気にしすぎてキョロキョロとしすぎてしまうので、今度は不審者になっていないかも心配だ。あまり、他人の服装を凝視するのもよくないだろう。

「ゆづー！」

挙動不審になりながら歩いていると、うしろから肩に衝撃を受けた。びっくりしてふり返れば、予想したとおりの友人の顔がある。

「京《みやこ》！」

麻生《あそう》京も、九十九と同じ学校に通っている。高校から、いや、幼稚園からのつきあい。いわゆる、幼なじみだ。

ニカッと笑みを浮かべる京の顔を見たら、なんだか安心する。大きめのリングピアスが、京のベリィショートの髪に、よく似合っていた。赤っぽく染めた髪も、高校のころとは変わってしまったが、彼女の印象とは合致する。

「京……今日もジャージだね……」

けれども、首から下は、上下有名メーカーのジャージだ。それでも、スニーカーやリュックが派手なので、なかなかお洒落には見える。

指摘され、京はキョトンとした表情で両手を広げた。

「毎日、服選ぶのめんどくない？」

そうだね。そうだよね！　面倒だね！　九十九は思わず同意したくなる。が、忘れてもいない。春休み、京のほうから「大学で浮いたら嫌やけん、ゆづも一緒に服買いにいってやー！」と誘われて、ショッピングモールへ買い出しへ行ったことを。

あのとき、アレコレこだわって選んだのは、いったいなんだったのか。まだ四月なのに、早々に「めんどくない？」とコーディネートを投げて上下ジャージ族になるとは思っていなかった。

とても京らしいのだけれど。

「あと、ジャージのほうが、バイト行くとき楽なんよね。ゆづみたいに、家業じゃないけん。買った服は、遊びに行くときに着ていけば問題ないんよ。あんまり着んけん、傷みも遅くなるやろ！　長持ち長持ち！」

実用性重視！　そう言いながら、九十九の肩に手を回す。

「まあ……うん、そうだね」

うん。京らしい。実に京らしい……。

こういう面は、さっぱりしている。同調圧力に弱いようで、面倒になってきたら屈しない。負けず嫌いではあるが、火がつかない分野には我関せず。大学に入っても、全然変わっていなかった。

「ゆづは偉いなぁ。なんか、デート行けそうな格好して！」

「で、デートって」

「気合い入ってそうに見える」

「気合いなんて、入ってない……はず」

スカートが可愛すぎたのだろうか。それとも、ブラウスのリボン？　はたまた、勉強中のお化粧が濃いのだろうか……アイシャドウのピンク色が上手く発色していない気がして、濃くなったのかも……？　鏡が見たい。

「ま！　可愛《かわえ》えよ！　じゃ！」

京はそう九十九の背中を叩いて、手をふった。九十九は一瞬、「あれ？　京、どこ行くの？」と言いかけてしまう。

そっか。

京とは学科が違う。

基礎教養科目は共通の授業もあるが、学科の固有科目では別々の教室へ入るのだ。なんだか寂しい。

大学生活は戸惑うことばかりだ。

しかし、出会いも多い。

様々な出身地や価値観の学生と話す機会もあって、常に驚かされる。九十九にとって、それは実りのある時間だった。

湯築屋と同じだ。

いつだって、新しい出会いが楽しい。そして、九十九自身も成長させてくれる。だから、出会いの一つひとつは大切にしたい。

教室に入ったときには、授業の十分前だった。

この段階になると、だいたいの学生が出そろっている。人間関係について、みんな手探りだが、そろそろ四月も終わりが見えてきた。仲よしグループのようなものが、ふわっとできはじめている。

これも高校と違うところだった。大学は固定の席順が決まっていない。自由に選んでもいいのだ。

友人とおしゃべりしたければ、席を固めていい。真面目に独りで講義を受けたければ、一番前の真ん中に座る。うしろで寝ている学生もいた。

九十九は教室をサッと見回すと、知った顔も何人かいる。同じ高校だったり、大学に入って知りあったり。

だが……今日は、まったく違う人と話してみたかった。

そういうチャンスの日だと思う。

「ここ、空いてる?」

九十九が声をかけたのは、一番うしろの席に座る学生だった。隅で、誰とも目をあわせず、ずっとスマホをいじっている。

なんとなく、声をかけにくい。いや、話しかけるな。

そういう雰囲気だ。

「隣座っていい？」

九十九は、もう一度笑いかけた。

「………………」

睨むような視線を返される。

服は全身、真っ黒だ。服のいたるところに、用途不明のファスナーがついており、レースはよく見ると蜘蛛の巣柄である。垂れ下がったチェーンや、びっしりついたブレスレットが、ちょっと厳《いか》つい。

威圧感というか、目力が強かった。はっきりと囲い目されているアイライナーのせいだろうか。しかし、視線があうと女の子らしさも感じる。色の薄い金髪がよく似合っていた。

「種田《たねだ》さんだったよね」

そう問うと、相手は露骨に顔をゆがめた。

「なんで、名前知ってんの？」

「え？」

「ボクの」

種田燈火《とうか》。九十九は彼女の名前を知っていた。

けれども、これは別に超能力でもペテンでも、なんでもない。

「だって、最初の授業で自己紹介したよね？　みんなの前で」

この授業は英会話基礎である。その入門として、全員が一人ずつ前に出て英語の自己紹介をしたのだ。だいたい名前、出身地、好きなものの三事項である。中学生レベルの初歩的な英会話で事足りた。

「種田燈火さん。松前町から来てて、音楽が好きなんだよね。わたし、あんまり音楽は詳しくないから、いい曲とか教えてほしいかも」

九十九はにこりと笑って、燈火の隣に座った。

「え……は？　まさか、キミ……全員分の自己紹介覚えてたりする……？」

「だって、そのための自己紹介でしょ？」

全員分、しっかり覚えているかと言われると、怪しい部分もある。なにせ、声が小さくて聞き取りにくい人もいたからだ。あと、九十九の英語力は並みである。

「わたし、顔覚えには自信があるんだよ」

これは湯築屋の性質上、自然と身についた特技だった。

湯築屋のお客様は神様が多い。そのため、「常連客」と呼ばれる面々でも、数年に一度、下手をすると百年に一度しか訪れないのだ。ほとんど住んでいる状態の天照《あまてらす》や、毎年決まって来館する作兵衛などは例外中の例外だった。

実は湯築屋の初歩的な業務にして、一番の難所は、過去のお客様台帳を暗記することである。神様の名前は覚えにくく、わかりにくい。小夜子《さよこ》がアルバイトをはじめたころも、だいぶ苦戦していた。今は、将崇もがんばっている最中だ。

近年は、八雲《やくも》の努力で台帳もデータ化されたが、昔は手書きだった。

神様に比べれば、大学の学生の名前など容易《たやす》い。それに、燈火は服装がブレないので、とてもわかりやすかった。どうしても、人の印象は服に引っ張られる部分もあるので、いつも似た系統だと助かる。

「湯築九十九です。よろしくね。燈火ちゃんって呼んでいい？」

きっと、燈火のほうは九十九の名前を覚えていないだろう。そう思って、こちらから名乗っておいた。

燈火は九十九から軽く目をそらす。

「キミの名前なら、覚えてる……」

不器用に言って、燈火はスマホを机に置いた。きちんとお話ししてくれる気になったようだ。

「変わった名前だったから」

「そう？」

「だって、ツクモでしょ？　変だよ」

「ストレートに言われちゃったな」

稀に言われるので、あまり気にならない。たしかに、「九十九」で「ツクモ」は特殊な読み方だ。

「あと……明るそうで、ボクとはあわないかなって」

燈火はおちつきなく指を組んでいじっていた。さきほどの威圧的な空気は消えている。もしかすると、彼女なりの虚勢だったのかもしれない。

「あうかどうかは、話してみないとわからないよ」

「そうだね。うん、そうだと思う」

燈火は金髪を指でくるくる回しながら話す。

「こうやって話してみると……結構、普通だなって思った」

「普通じゃないと思ったの？」

「……陽キャっぽいから」

陽キャ……九十九はパッとなんのことか思い浮かばなかった。いや、意味はわかる。要するに、明るい性格《キャラクター》だと言われたのだろう。しかしながら、褒められている気がしない。燈火と自分の間に、明確な線引きをさせてしまっていたわけだ。なにか悪いことをした気分になる。なにもしていないのに。

「あと、なんか……強そう」

「つ、つよ?」

「うん」

強そう――これが表すのは、直感的に腕っぷしではないと悟った。

九十九が燈火に興味を持った一番の理由と一致する。

燈火からは、神気を感じた。

小夜子のような微量の神気ではない。術を結べば、しっかり扱える程度の力だ。実は入学当初から、気になっていた。

燈火の様子を見るに、自分の神気に自覚はなさそうだ。おそらく、親族に知識を与える人間もいないのだろう。

ときどき、遺伝によらず、神気の強い人間が生まれる。

燈火が「強い」と感じたのは、九十九の神気だと思う。これが彼女を萎縮させているのかもしれない。九十九の神気は当代の巫女に選ばれるほど強い。さらに、神様や妖たちからは、「甘い」とも評される。

「とにかく、仲よくしてくれると嬉しいな」

改めて九十九が言うと、燈火が戸惑ったようにうなずいた。嫌われてはいないらしい。よかった。

もう授業まであまり時間がない。九十九は机に、英会話のテキストとルーズリーフを並べる。新入生の歓迎会で、大学では授業ごとにノートをわけるより、ルーズリーフのほうが無駄がないと聞いたのだ。先輩たちとの交流は役に立つ。

燈火も隣の席で、テキストを取り出す。

「あ……」

テキストと一緒に、燈火のカバンからなにかが落ちた。

カシャンと音を立てたものに、九十九は反射的に手を伸ばす。なにかが落ちたり鳴ったりすると、つい身体が動いてしまうのだ。これが条件反射。

「やめて」

だが、九十九が落としものに触ろうとした瞬間、燈火が声をあげる。九十九は、ピタリと動きを止めた。

扇子？

燈火が落としたのは、二本の扇子だった。金と朱が縞模様になっている。古びているが、開くと華やかな柄が想像できた。

どこかで見たことあるような？

「拾わなくていい」

そう言って、燈火は素早く扇子を拾いあげた。そして、隠すようにカバンにしまい込んだ。

「踊りかなにか？　舞踊《ぶよう》？」

思わず聞くが、燈火は顔を真っ赤にしてカバンを抱きしめた。大事そうに……というより、恥ずかしそうだ。

「大したものじゃないから……」

「そうなの？」

「うん……日本舞踊とか、そんなたいそうなもんじゃないし……それに、ボクがこんなの回してたって、似合わないでしょ……」

回す……？　扇子って、回すものなのかな？

たしかに、日本舞踊にも手首を使って回す動作はあるが、燈火はそうではないと言っている……もしかして？

「伊予万歳《いよまんざい》かな！」

「！」

直感で言ってみると、燈火がパチリと目を丸くした。

どうやら、当たりのようだ。九十九は得意になるが……燈火のほうは、暗い表情だ。九十九に言い当てられて、気分がよくないようだった。

伊予万歳は愛媛県の民踊《みんよう》である。起源は江戸時代の祝いの席とされており、やがて村の祭礼などで披露される演目として定着した。現在は各地の同好会的な集まりにより継承され、芸態も多様化している。地域の愛護団体だけでなく、小学校や中学校のクラブ活動になっていることもあった。

いろいろな祭りの演目になっていることが多く、九十九も何度か見物している。多人数で松の木に扮する『松づくし』や、鮮やかに扇子を回す『義経千本桜《よしつねせんぼんざくら》』などが代表的か。複雑な技巧や派手さはないが、にぎやかで祭りらしい楽しさのある郷土芸能だ。同じ曲でも、演じる団体によって振り付けや趣がまったく変わるのも面白い。

ちなみに、同音異義で間違えやすい「漫才《まんざい》」とは根本的に異なる。伊予万歳の演目中に寸劇も行われるが、「万歳」と「漫才」は本質的に違うものだ。一緒にしてはならない。

「ほっといてよ……あんまり、見られたくない。ダサい」

ダサいと表現した燈火の言葉に、九十九は眉を寄せる。

そんなことないよ。

と、言いたかった。

しかし、九十九は黙る。

この様子では、燈火が聞き入れないだろうと思ったからだ。

「親に無理やり習わされただけだし……だいたい、こんな格好してるのに郷土芸能なんて、おかしいよ」

「そうかな？　扇子、大事に持ち歩いてるでしょ？」

「これは、近々発表があるから仕方なく。夕方から、練習なんだ……人が足りないって、おばさんから頼まれたら断れなかっただけ……」

燈火はおちつきのない動作で、テキストを広げた。この話はここで終わりにしたいと言っているようだ。

「発表って——」

九十九が聞きかけたとき、ちょうどチャイムが鳴った。同時に、英会話の講師が入室する。

もやもやとした気持ちを抱えたまま、授業がはじまった。

授業中、九十九はなるべく燈火を意識しないようにする。

窓の外からは、真っ白な雀がこちらを見ていた。シロの使い魔だ。今日も九十九を監視、いや、見守っている。自分が外に出られないので、代わりに動物を放つのだ。

燈火は近々発表があると言っていた。

彼女は松前町に住んでいて……この時期に催される祭事と言えば、まっさきに義農祭が思い浮かぶ。たしか、ステージも用意されており、義農太鼓や伊予万歳が行われる。

もしかすると、燈火も出るのだろうか。

そうだったら、楽しみだ。知りあいが踊る姿は見てみたい——一方で、燈火は伊予万歳を嫌がっているようだ。

九十九が現れると、嫌な思いをさせてしまうかもしれない。

ダサくなんかないよ。

伝えてあげたいが……燈火の顔を思い出すと、上手く伝えられる自信がなかった。

4

湯築屋で仕事をするのは、頭の切り替えになる。

大学で燈火と話した内容は気にかかっているが……それはそれだ。夕餉の時間までに帰宅した九十九は、急いで着物を纏う。自分で着付けるのも、ずっとやっているので手慣れたものだ。

夜は藤模様の着物にした。簪はシックに銀の折り鶴だ。淡いピンクの生地を埋め尽くす紫と白色の藤が上品だが、可憐でもある。近ごろ、碧《みどり》からおちついた色の着物も勧められていた。

着付けは難なくできるが……お化粧は別だ。

朝の化粧を手直しするだけなのに、とても苦労する。アイライナーは目に刺さりそうだし、アイシャドウはどのくらい塗ればいいのかわからない。派手すぎるのはよくないので、匙加減がむずかしかった。

とにかく悪戦苦闘しても、顔が整ったのか謎である。

「ふむ……我が妻ながら、美しい」

「ひっ！」

九十九が鏡とにらめっこをしていると、突然、気配が現れる。シロだ。しかも、顔が近い。九十九と一緒に鏡に映ってしまう距離だ。

頬がふれあって、九十九は飛び跳ねるようにシロから離れる。

「なにを驚く必要があるのか。夫婦《めおと》だろうに」

「いきなり出てくるからでしょうが！」

「先に声をかけたではないか」

「これは、声をかけたとは言いません！」

シロとふれあってしまった頬を押さえながら、九十九は後ずさりする。だが、シロのほうも面白がって距離を詰めてきた。うわー、遊ばれてる！　そう感じると、異様に腹が立ってきた。

「儂は九十九と夫婦のふれあいがしたい」

「仕事のあとにしてくれませんか⁉」

「あとならよいのだな？」

「そ、そういう意味じゃ……」

九十九にシロを拒む理由はなかった。だって、夫婦なのだ。お互いの気持ちも確認した。ここまで来ると、シロにすれば「なにか問題でも？」という状態だろう。たしかに、問題はない。

「どういう意味だ？」

シロは戸惑いなく九十九の顔に触れた。あまりに自然な所作だったので、避けられない。

「いつならよい？」

シロは九十九の額に唇をつける。前髪越しにやわらかいものが当たると、雷でも落ちたかのような気分になった。身体中がびりびりして、筋肉が強《こわ》ばってしまう。

けれども、次第になんだか既視感に襲われる。

以前の夢で見た……昔のシロ。神様になる前、神使《しんし》だったころのシロだ。

とても寂しがりで、甘えん坊で……月子の顔を舐めていた。子犬のように。

「…………」

もふもふと尻尾が左右に揺れていた。ブンブン振り回している。とても嬉しそうなのが伝わってきた。

もしかして……「ふれあい」って、そんなに深い意味はなかったりする？

という疑惑が九十九の頭を過《よぎ》った。

要するに、ただ構ってほしいだけなのでは？

いやでも、やっぱり下心もありそう……いや、下心があったところで拒む理由はないのだけど――いやいや、ある。仕事前だよ。逃げていいでしょ。駄目夫の相手は、あとでいいんじゃないかな。

そうは思いつつも、身体がすぐに動かない。もしかして、変な術でもかけられているのだろうか。などと錯覚しそうだった。

実際はなにもされていないのに。

このまま、流れるまま流されてしまっても、いいような気がしてくる。それはきっとシロの望みで、九十九にとっても幸せなことなのだ――。

「ねえ、九十九ちゃん？」

自分での意思決定を放棄しかけていた九十九を現実に戻したのは、襖の向こうから聞こえる声だった。

今日、このパターン多くない⁉

「九十九ちゃん、八雲さんが呼んで――お邪魔しました」

襖を開けたのはアルバイトの小夜子だった。分厚い眼鏡の下で両目をパチクリし、そのまま襖を閉めようとする。ヒット&アウェイ。たぶん、意味は違う。

「さ、さ、さささ小夜子ちゃん！　誤解だから！　誤解！」

九十九はシロを押しのけて、襖が閉まるのを阻止した。

「いいよ、九十九ちゃん。急いでないから、終わったら来てね」

「だから、違う。違うの」

「ごゆっくり」

「待って、ねえ待って！」

小夜子はニコニコと笑いながら、九十九を部屋へ押し戻そうとする。九十九は力ずくで、襖を開けて外に出た。

「大丈夫、大丈夫だって。もう終わったから！」

「終わったの？　どこまで？」

「小夜子ちゃん、なんか最近怖いよ⁉」

「そんなことないよ」

九十九を助けてくれるどころか、小夜子に追い詰められている気がした。

しかし、逆に考えよう。これでようやく、仕事に向かえる！

九十九は「九十九ぉ。もう終わりなのかぁ？」と情けなく訴えるシロの手をペッと叩き落とす。

義農祭は明日に迫っている。

作兵衛は、毎年、義農祭までの三日間ほどを湯築屋で過ごしていた。それはツルとカメの計らいだが、彼を満足させたいという湯築屋の希望でもある。

夕餉の膳も、九十九が運ぶ。

「もっとお食べよ。太らないかんよ」

「ほうよ。お食べお食べ」

あいかわらず、ツルとカメが九十九を見ている。頻りに、九十九に対して「お食べ」と言っていた……太りたくないのに。

客観的に見て、九十九はそんなに痩せているだろうか。

去年までは、このようなことはなかった。一匹と一羽は、たいてい作兵衛と一緒にのんびりとくつろいでいたはずだ。

「あの……わたし、そんなに痩せてますか？」

うしろをついて歩くツルとカメを、九十九はふり返った。

すると、ツルとカメは、やはりヒソヒソとなにかを話しあう。今度は九十九に聞こえない声だった。

「むしろ、その……こんなこと言うのもアレですが、わたし去年より……太ったんですよ」

自分で言っていて惨めな気分になってくるが、九十九は一年で微妙に太った。京に言わせると、「そんなん、誤差やけん」と一蹴されそうな差だが。

いかんせん、九十九だって女子だ。高校は卒業したが、まだ十代。大学で着てみたい服もある。夏には水着もひかえていた。

繊細なお年頃というやつだ。

「だってなぁ？」

「ほうよなぁ？」

ツルとカメはそろえて首を傾げながら、九十九を見あげる。

彼らは神様とは違う。神使や眷属《けんぞく》とも言い切れない。だが、性質が神と近しい神気を持っていた。じっと見つめられると、こちらのほうが呑み込まれそうな圧を感じる瞬間がある。

「あんた、お父ちゃんみたいやし」

カメの言葉に、九十九は顔をしかめた。

作兵衛みたい？　なにが？

「よう食べて、しっかり太ってほしいんよぉ」

ツルも重ねるので、九十九は聞き返せなかった。

じっと立ち止まったまま、両者見つめあってしまう。

「ほれ。はよ、お父ちゃんとこ持ってお行き」

「ほうよ。そのあと、いっぱいお食べ」

立ち尽くした九十九を、ツルとカメがうながす。

「あ……はい。申し訳ありません、お客様」

九十九は慌てて踵《きびす》を返した。

今は作兵衛に夕餉を配膳しなくては。ツルとカメは気になるが、それはそれ。これはこれだ。九十九はスッと背筋を伸ばして歩く。

ほどなくして、重信の間が見えた。

「いいい、もんたよー」

「もんたよー」

九十九が重信の間の前に立つと、ツルとカメが足元に走り寄る。そして、自分たちで襖を開けて中へ入っていった。ごていねいに、膳を持った九十九がとおれるスペースを空けてくれている。

「作兵衛様、お食事をお持ちしました」

部屋にいる作兵衛に呼びかける。

「ああ、ありがとう」

作兵衛は縁側に座っていた。穏やかな様子で、湯築屋の庭をながめている。

空は藍色に染まったまま、天気が動くことはない。ずっと、黄昏の瞬間のように澄んだ闇をたたえていた。

そこに蝶が舞っている。

一羽や二羽ではない。無数の蝶が踊っているのが見えた。蝶の鱗粉が淡く光っているせいか……その光景は花吹雪のようにも見え、幻想的であった。

しかしながら、これは幻だ。本物の蝶ではない。

結界の主であるシロが創り、客に見せている幻影である。ここには本物の蝶はおらず、庭を彩る花畑も偽物であった。結界にあるのは、シロが創り出した幻の光景と湯築屋、そして、彼が引き入れたお客様や従業員だけだ。

ここでは、シロがすべてを創る。そして、すべてを支配した。が……結界の中だけである。

「本日の夕餉です」

九十九が膳を並べる間も、作兵衛は縁側で庭を見ていた。

作兵衛はまだ庭をながめたまま、夕餉のメニューを問う。

「今日はなんだい？」

九十九は、麦飯が入ったお櫃を開け、茶碗に盛った。

「伊予さつまでございます。大変、ごはんが進むメニューですよ」

たくさんのごはんが食べられるように、幸一が選んでくれた。もちろん、作兵衛は神様なので、どんなものをいくら出しても食べる。しかし、やはり美味しく食べてほしいので、いつも工夫していた。

「冷や汁かぁ、いいね」

作兵衛がようやく、こちらをふり返った。

伊予さつまは郷土料理の一つだ。焼いた鯛の身と出汁、麦味噌をあわせた冷や汁を、アツアツのごはんにかけていただくのだ。流し込むように食べられるため、気がつけば、何杯も平らげてしまった、なんて事故もよく起こる。

出汁と味噌の甘みと、焼き魚の香ばしさの調和はたまらない。薬味として輪切りのきゅうりや大葉、細かく刻んだ香の物もつけてある。お好みで入れるわけだが、薬味があると食感が面白くて箸が止まらなくなるのだ。

九十九も大好きな料理であった。自分で作るときは、ちょっと面倒なので出汁を冷やさず、熱いまま食べてしまう。

手軽に水で溶くだけの、伊予さつまの素も売り出されているので、近ごろはこちらも重宝する。インスタントみたいで手を出さなかった時期もあるが、食べるとこれがなかなか……。

「いいね。ありがたいよ」

作兵衛は「よいせ」と腰をあげて席につく。見目は溌剌《はつらつ》とした青年の神様だが、仕草の節々に人間だった「名残」のようなものが見える。

ツルとカメも、トコトコッと自分の席についた。

「あんたもお食べ」

「ほうよ、ほうよ。食べてお行き」

お櫃から麦飯をついでいる九十九に、ツルとカメが食事を勧める。彼らは自分の茶碗を持ちあげ、九十九に差し出した。無論、ごはんの要求ではない。九十九に食べていくようにうながしているのだ。

「いえ……お仕事中ですので」

やりにくいなぁ……九十九は苦笑いしながら、作兵衛に茶碗を渡した。

「すまんね。こいつら、あんたを心配してるみたいだ」

作兵衛が茶碗を受けとりながら笑った。素朴でとても親しみやすい。彼も人々から信仰される神様のはずなのに、まるで親戚かなにかのような安心感があった。親近感がわき、自然とこちらの緊張がほぐれる。

「心配？」

「悪く思わんでくれよ。あんたのことが、だいぶ危なっかしく見えたみたいだ」

危なっかしい？

痩せすぎて？　もしかして、自分では気づいていない病でもあるのだろうか……先代の巫女である湯築千鶴《ちづる》は過労が原因の脳梗塞《のうこうそく》で亡くなったらしい。働きすぎ？　しかし、まだ九十九は高校生、いや、大学生である。若いから油断してもいいわけではないが、少し考えすぎか。

「あんたが命を軽んじる娘に見えたのだろうね」

「ど、どうしてですか？」

九十九は目を丸くしながら聞き返してしまった。

すると、作兵衛は九十九の胸の辺りを、スッと指さす。

「向こう見ずな部分がある」

さきほどまでの親しみやすさが嘘のように消えた。押さえつけられるような圧を感じる。脅されているわけではないのに、不思議だ。

「自分の」

九十九の？

慄《おのの》いていると、作兵衛は九十九を示していた指をおろす。瞬間的に緊張した空気は、スッと軽くなった。こういう緊張感は神様らしい。

作兵衛も神の一柱なのだと改めて思い知る。

しかし、九十九はまだ作兵衛の言わんとする意味がわからない。

「まあ、わしが他人《ひと》のことは言えねぇんだがね……」

作兵衛は自嘲気味に笑い、伊予さつまの茶碗を持ちあげた。麦飯にきゅうりと大葉をのせ、胡麻も軽くふりかける。そこに冷えた出汁を流すと、あっという間に茶碗が麦味噌の色に染まった。

「誰かのために、自分を軽んじるのは褒められたもんじゃない」

指摘された途端、まっさきにシロの顔が浮かんだ。

そして、九十九は自分が今朝、なにを考えていたかを思い出す。

――九十九がどこへも行かぬように……結界を閉じたいくらいだ。

シロが望むなら……それでもいいのかもしれない。

一瞬だけでも、そんなことを考えていた。すぐに思いなおしたが、九十九の中にそのような気持ちがあったのは事実である。

もしかすると、今だって――。

「義農精神なんぞと、たいそうな伝承のされ方をしているが、あんなものは美徳でもなんでもねぇんだ。あのときはそうだったかもしれねぇが、今はそうじゃないんだろう？」

作兵衛は村人のために餓死する道を選んだ。

そうやって、翌年以降の種麦を遺したのである。その尊い自己犠牲の精神は「義農精神」として、松前町を中心に継承されていた。

作兵衛は自分で、自らの功績を否定しているのだ。

当時と、現在は違う。

時代は変わり、人々は飢饉で飢えることはなくなった。それは作兵衛をはじめとした過去の営みや努力が実を結んだからである。語り継ぐべきであり、忘れてはならない。

「他人を思いやるってのは大事だよ。それで社会が上手く回っていくんだからな。そうじゃなきゃあ、とっくにお国は破綻しているだろうからよ。世のため人のために働くってのは、立派なもんじゃ。胸を張るべき志だろうさ」

話しながら、作兵衛は茶碗に盛られた麦飯を箸で崩した。出汁に麦飯の山がつかり、ザブザブになる。

「だがな。今はもっと自分の幸せってモンを考えてもいい時代なんじゃないのかね？　違うかい？　少なくとも、わしはそうなったと思っておるがな」

作兵衛は伊予さつまを口へとかき込んだ。チャッチャッチャッと箸が茶碗を鳴らす、豪快な食べっぷりだった。

「…………」

九十九だって、自分を蔑ろにしているわけではない。プライベートの時間も、以前より長くとるようになった。大学へは自分の意思で進学を希望したのだ。

ずっとずっと、自分を優先するようになっている。

でも、シロのことは――どうだろう。

シロは永いときを湯築屋で過ごしている。従業員や神様に囲まれているが、誰かと一緒に生きているわけではない。

誰も彼も、九十九だって、シロにとっては「過ぎ去っていく者」なのだ。

そんなシロを……九十九はどうにかしたいと思っていた。

人間の九十九には、どうしようもないのに。

どうしようもないのに、どうにかしたくて……わからないのだ。どうすれば、シロが幸せになってくれるのか。

だから、あんなことを考えてしまったのかもしれない。そして、それは九十九自身が思っているよりも根深い。

ツルとカメは、九十九の本音を見抜いているのだ。

「わしらの生きた時代があって、あんたらの時代が来た。それがいいモンだと、示してもらわにゃあ浮かばれんよ」

作兵衛は平らげた伊予さつまの茶碗を膳に置いた。

「幸せそうな人間は、そこらにいるかもしれん。でも、わしにとっては、年に一度泊まる湯築屋の者が一番身近だよ。一番は言いすぎかもしれんが、まあ、それなりに順位は高いんじゃねぇかな」

笑いながら頭を掻く様子は純朴で、神様らしくはない。だが、作兵衛はたしかに神様なのだ。

「毎年、祭りはあるが、神社のほうは全然でなぁ。今は管理する人間もおらんのだ。わしみてぇなモンは、いつ堕神《おちがみ》になってもおかしくない」

「そんなこと……」

そんなこと言わないでくださいよ。

九十九は最後まで言えずに呑み込んでしまった。

作兵衛の言葉は正しい。彼を祀《まつ》った義農神社には現在、管理者がいないのだ。政教分離の関係上、町の管理下には置けない。

祭りは毎年開催されている。作兵衛の行いや精神も、地域や学校で語り継がれていくはずだ。彼が堕神になる日は、すぐに来ない。まだまだ未来の話。しかし、絶対に堕神にはならないと言い切れないのだ。

現に、多くの神がそうやって忘れられているのだから。

「だが、そういうモンだろう」

作兵衛はカラリと笑って、あぐらをかく膝を叩いた。

「わしらの生きた時代があって、あんたらの時代が来た。わしは次に継げたのが満足だ。

こうやって、自分の繋いだ時代が見られているのだからなぁ。村のモンより幸せじゃろうて。消えても悔いはない。今は山のように飯を食わせてもらっているからな。楽しむために神になったようなモンじゃろう」

作兵衛はお櫃を自分のほうへ引き寄せる。九十九が手を出す前に、彼は茶碗にいっぱいの麦飯をついだ。好きなように。

「老い先短い余生を楽しむ爺《じじい》の小言と思って聞き流してくれ。わしは、個人的に若女将が不幸になるのは嫌だね」

「不幸になんて……それに、作兵衛様は消えたりしませんよ。余生なんて言わないでください」

「おっと、それは失敬」

不幸になどなる気はない。

九十九は九十九なりに考えているつもりだ。今は答えが見つからないが……。

現在の精一杯しかできない。

九十九は作兵衛にきちんと向きなおり、ていねいに頭をさげた。

「ありがとうございます。では、わたしからも……わたしも、毎年お見えになる作兵衛様が好きなのです。来年も再来年も、ずっとずっと湯築屋に来てほしいです。わたしに、不幸になってほしくないのでしたら、老い先短いなどと言わず、たしかめに来てください。

わたしはずっとおります……いつか、いなくなったとしても、湯築屋を見守っていてほしいんです」

湯築屋には、たくさんの神様に来てほしい。

九十九のねがいだった。

それは、湯築屋へ来ることで、従業員が神様を覚えているからだ。来訪した神様は、余さず記録される。そして、記憶に残るのだ。湯築屋ができてから、長く続いた営みであり、在り方である。

ここは神様のために開かれた温泉宿だ。

湯築屋が続く限り、お客様との関係は終わらない。

「はは。わかったよ」

作兵衛はにこりとしながら、追加の伊予さつまを茶碗に注ぐ。山盛りの麦飯が出汁にひたった。

「そう言うんなら、先に潰れてくれるなよ」

「はい。もちろんです」

答えながら、九十九はぼんやり考える。

湯築屋は、いつまで続くのだろう。

シロが生きる限り――世の果てまで。月子の遺志は、そういうものだった。繋いで、繋いで、代々受け継いで……神様の永遠に手を伸ばそうとしている。

それが湯築屋の在り方だ。

終わりは、来るのだろうか？


今日も一日、おつかれさまでした。

自分に言いながら、九十九は母屋の部屋に戻る。

お風呂で汗を流した直後なので、身体がほかほかで気持ちいい。やっぱり、温泉はいいものだ。しっかりと汗をかけて、すっきりする。デトックス効果？　あるんじゃないかな？　心もリフレッシュする。

「……あの」

心も身体も癒やされたので、ゆっくり寝よう。九十九がそう思っていたのは、部屋の襖を開けるまでであった。

「どうした、九十九。早くさきほどの続きをしようではないか」

部屋には、すでに布団が敷かれていた。その上で、シロが寝そべってポンポンッと隣を叩いているではないか。

「疲れたので寝ます！　お布団までわざわざ敷いてくださり、ありがとうございます！　それでは、おやすみなさい！」

九十九はつい大声で拒絶してしまう、条件反射だ。疲れた、そして、眠い以外の感情はない。

「九十九ぉ……」

「そんな声で言ったってダメです」

「あとでと言ったではないか」

「あれは……いいえ、言ったつもりなんてないですから！」

「儂は聞いたのだ」

「空耳です。だいたい、勝手に部屋に入らないでくださいって、いつも言ってますよね。解禁にした覚えはないんですけど」

「夫婦なのにぃ？」

九十九は両手で耳を覆いながら、就寝の準備をする。それにしても、布団に横たわるシロがすこぶる邪魔だった。どうしてくれよう。蹴り出すしかないか。

「なにが不満なのだ」

不満。

「…………」

不満は……ない。

九十九だって、シロに触れるのは嫌いではないのだ。むしろ……恥ずかしいが、好ましいと思っている。

「不満、と言いますか、なんと言いますか……こういうの、順序があるんじゃないですかね……」

「順序もなにも、夫婦であろうに」

「そ、そうですけど！」

そうだけど、なんだというのだ。自分でもわからない。たしかに、シロからすれば説明不足だろう。むしろ、彼のほうが不満なはずだ。

「よくわからないんですけど」

九十九はシロから目をそらそうとする。だが、シロはそれを阻止するように、九十九の肩に腕をのせた。いつの間に、立ちあがったのだ。動きが滑らかすぎて、認識できなかった。

シロの顔が近づくと、途端に心臓がバクバクと音を立てる。湯あがりの顔が余計に熱くなってきた。きっと、鏡を見たら耳まで真っ赤だろう。

「だ、だから、こういうの……」

こういうの、嫌。

九十九は無意識のうちにシロの胸を押し、身体を離そうとする。

以前にも、あった。あのときは九十九が混乱して、泣き出してしまったのだ。シロが九十九をどう思っているのかわからなくて、怖くなった結果である。

今は違う。お互いの気持ちがはっきりしているし、恐怖もない。こうやって触れられていると、恥ずかしくてどきどきするが、嬉しかった。

だから、なにが不満なのか自分でも、よく言語化できない。

「あの、ですね……シロ様はわたしを、ずっと夫婦だと思ってくれていたでしょうけど……わたしのほうは、そうじゃなくてですね。いや、夫婦なのは夫婦だったんですよ。ただ……その、あの……」

ええい、はっきりしろ！　と、自分でも突っ込みたくなる。シロの顔がすぐそこまで迫っているのも、思考を阻害している気がした。

「わたしにとっては、シロ様のお気持ちを知ったのは最近で……まだ夫婦というより、えっと、恋人？　そう。気分はつきあったばかりの恋人、なんですよ。たぶん……」

「儂は、あんなにアピールしたのに……」

「わ、わからなくて、すみません……」

なんとなく、それっぽい言葉を拾って繋ぎあわせていく。声に出すと、少しずつ自分の中で腑に落ちていった。きっと、こういうことだと自身で解釈してみる。

九十九自身の心なのに。まるで、英語の翻訳だ。単語一つひとつの意味と構文を照らしあわせながら、自分の言語に置き換えていく作業をしている。

「だから、いきなりは……無理です。ごめんなさい」

朝は勝手にもぐり込まれていたが。

「では、どうすればいいのだ？」

九十九の顔をのぞき込むシロは困った様子だ。こんな顔は、あまりさせたくないのに。

「えと……ど、どうしましょうね？」

「それは九十九が決めてくれねば、儂はなにもできぬ」

シロは改まったように、九十九の肩から手をおろす。うしろに一歩さがると、今度はだいぶ距離を感じた。

「シロ様は、一緒に……寝たいんですか？」

「無論」

当然のように即答されてしまう。予想どおりだ。

九十九は悩んだすえに、右手をちょこんと差し出した。

「手を繋ぐだけなら……」

さすがに、子供っぽすぎるだろうか。もっと恋人らしいことをしたほうが……これでは、九十九のわがままだ。

「シロ様。すみません、やっぱり今のは――」

「九十九、よいのか？　本当に、よいのか⁉」

九十九の訂正を遮って、シロはパァッと顔を明るくした。尻尾をブンブンと左右に揺らしながら、両手で包むように九十九の手をにぎる。子供のように純粋な笑みだったので、九十九は呆気にとられてしまった。

「え、いいんですか?」

「九十九は、それがいいのであろう? 儂は九十九と初めて床をともにできて嬉しいぞ!」

「言われてみれば……」

そういえば、たしかに……勝手にもぐり込んできた事案以外で、シロと一緒に寝たことはない。

「まあ。本当ならば接吻《くちづけ》の一つくらいは欲しかったのだがな」

「う……すみません、許してください」

「よい。儂は九十九から言ってくれるのが嬉しいのだ」

九十九はずっとシロから逃げていた。気持ちの整理がつかず、恥ずかしくて。

「いつものように蹴り出されると思っておったからな。今日のところは、これで我慢しておいてやろう」

シロはごくごく自然な流れで、九十九の手を自分の口元へ持ちあげた。九十九が抵抗する間もなく、手の甲に唇が触れる。

「な……な……!」

なにこれー！　お姫様みたい！

下手に抱きつかれるよりも恥ずかしい。キスされた手から、麻痺したように感覚が抜けていく。危うく、立っていられなくなりそうだった。

「こういうのは、今どきの女子《おなご》も好きだと天照が言っておった」

「だから！　もっと、マトモなことを教わってくれます⁉」

最近、天照がシロに余計なことを教えすぎている気がする。しかも、能動的に。「ふふふ。よいですわ」と満足そうに笑う天照の顔が想像に易い。絶対に楽しんでいる。シロ様、おもちゃにされていますよ！　気づいて！

「もう。寝ますよ！」

九十九は乱暴に言い放ちながら、さっさと布団の中へ入る。

隣で、もぞもぞと布団が動いた。シロが隣にいるのだとわかって緊張する。

「…………」

上向きに寝る九十九の手を、シロがにぎった。

温かく包み込むように。

布団が広めでよかった。シングルベッドだったら、確実に狭かっただろう。

身体は充分に離れ、手だけにぎっている。なんだか、この距離感が心地よくて、だんだんと緊張がほぐれてきた。

そっと目を閉じてみると、驚くほどすんなり眠れそうな気がした。

5

義農祭は毎年、四月二十三日に開催されている。

場所は義農神社で、伊予鉄道松前駅から歩いてすぐだ。公園に縁日の屋台が並び、特設ステージで地域や学校による演目が催されていた。

今は小学生による義農太鼓の音が鳴り響いている。小さな身体で和太鼓を叩く姿は微笑ましいが、勇ましくもあった。とても息があっていて、よく練習しているなぁと感心してしまう。

そんなステージ上の催しを見ていると、お祭り気分になってくる。今日はよく寝たためか、気分も爽快だった。

「シロ様、りんご飴食べますか?」

すっきりとした面持ちで、九十九は隣に立つシロを見あげた。と言っても、シロ本人は湯築屋の結界から出ることができない。ここにいるのは、外を歩くために操っている傀儡《くぐつ》である。

深く艶のある黒髪は、鴉《からす》の濡れ羽根を思わせた。滑らかな肌は陶器のようで、毛穴も見えない。白いシャツにブラックジーンズというシンプルな装いだったが、整った顔のせいか、いやに絵になる。マネキンみたいだ。美形はなにを着ても美形であるとストレートに証明している。

シロの傀儡は本人と同じくらい美しい青年の姿をしていた。九十九の主観では本人よりも感情表現に乏しく、体温も感じにくいので、とても「人形めいている」気がする。なんとなく、九十九はこの傀儡が苦手だった。

あと……動物の姿をしている使い魔と違って、周囲に誤解されやすい。現に、行き交う人々は、みんなシロの傀儡を二度見していた。そして、とても気分が「デート」っぽくなるのだ。

無駄に緊張する。

宿泊客である作兵衛の祭りを見物に来ているはずなのに、なんだか、目的が違うような気がしてきた。

「儂は……いらぬ」

シロの傀儡は沈んだ声で返答した。傀儡を介すると、シロの感情表現がやや小さくなる。それなのに、しっかりと「儂は今、落胆しておる」という空気が感じとれてしまう。わかりやすい。

「傀儡だと食べられませんが、ちゃんと持って帰りますよ」

傀儡では食事ができない。だから、落胆しているのだろうと、九十九は当たりをつける。しかし、シロは首を横にふった。

「昨夜《きのう》、九十九に結局殴られた……布団から追い出された……儂はせっかく妻とイチャイチャできると期待しておったのに……」

「ま、まだそれ言ってるんですか！　もうそのことはいいので、りんご飴のことでも考えてくださいって言ってるんです！」

今朝から、ずっとこの有様であった。そろそろ忘れたと思っていたが、根に持っているようだ。

昨夜、九十九も合意のもと、シロと一緒に布団で眠ったわけだが……朝起きると、シロはいじけていた。

理由は単純で、九十九の寝相が悪くてシロを布団の外に蹴り出してしまったから、である。眠る前に繋いでいたはずの手も、いつの間にかグーパンとなって、顔面を見事に殴打したらしい。

「本当にすみませんって。謝ってますから、機嫌なおしてくださいよ」

「儂、嬉しかったのに……嬉しかったのに……儂の純情は踏みにじられたのだ……」

「わかりましたから」

「わかっておらぬ……」

「すみませんってば」

正直な話、ぐっすりと眠れたはずなのに、起きると九十九は汗だくだった。

おそらくだが、単純に添い寝が暑かったのだろう。普段は一人で寝ているため、近寄ろうとするシロを異物として、身体が勝手に退けてしまった。そんなところだと思う。たぶん。

なんて、可愛げがないのだろう。と、九十九は我ながら恥ずかしくなるが、そちらのほうが、自分らしいとも開き直ったりしていた。

「シロ様、りんご飴は冷蔵庫で冷やすと美味しいんですよ。冷え冷えのりんご飴を包丁で切って、フォークで食べるんです。帰ったら、一緒に食べましょ」

これで機嫌をなおしてくれればいいのだが。

九十九が提案すると、シロの傀儡は背筋をピンと伸ばした。やっぱり、りんご飴食べたいですよね。そうですよね。

「九十九と一緒に。それもよいな」

あ、そっちなんですか。そっちが嬉しかったんですね。

何気なく言ったつもりだったが、効果がありそうなので結果オーライだ。

「儂、あーんがよいぞ」

「どこで覚えたんですか、それ！」

「昨日のドラマでやっておった」

「だから、そういうの覚えるのやめましょうよ！」

「今日日《きょうび》、神も学習せねばなるまいよ」

「いや、そういうの別にいいんで」

九十九は手を「ナイナイ」とふりながら、ピシッと断っておく。シロはさきほどまでとは別種の不機嫌を顔に作りながら、「とかく、りんご飴を手に入れねばな」と、うなずいた。

「じゃあ、わたし買ってきますね。りんご飴」

九十九はそう言って、縁日の屋台へ歩いた。

義農祭は松前町の祭りだ。松山市のものと比べると規模は小さい。それでも、義農神社の敷地には屋台が並び、多くの人が楽しんでいる。

地元中学生によるギノー味噌を使った味噌汁の配布や、婦人会のじゃこ天実演販売。近所の商店からの出店もあり、和気あいあいとしている。祭りという非日常なのに、そこには交流が存在し、温かさと、日々の営みが感じられた。

目立つ場所には、作兵衛の像がある。

種麦の入った俵の傍らで座っていた。表情は凜々しいが、神様となった作兵衛とそっくりである。松前町の人々の思い描く彼と言えば、この顔なのだ。

しかしながら、これは後世に作られた像だった。作兵衛はお百姓だったので、正確な絵姿もないはずだ。

人間から神様となったときの姿は生前とは変わることも多いと聞いた。神様は人間の信仰があって、初めて成り立つ存在なのだ。神となるのはもとの人間ではなく、信仰の形である。

後世に語り継がれた「義農作兵衛」のイメージが、現在、神様としての作兵衛を形作っているのだ。

死んだ人間が生き返るというわけではない。

作兵衛は自分だって堕神になるかもしれないと言っていた。たしかに、その危惧は当然だ。彼は日本神話のように古くから信仰があるわけでも、全国的に祀られているわけでもない。

けれども、祭りの様子を見ていると……やはり、九十九にとってはずっとずっと遠い未来に感じるのだ。いや、そんな未来は訪れない。きっと、いつまでもこの光景が続いていくはずだと信じている。

新しい世代によって、祭りを盛りあげようとする試みもあるのだ。こうやって、何年も何年も積み重なって、次の時代へと繋いでいる。

人間は神様とは違う。

何百年も何千年も生きていけない。

だが、継げる。

何代も何代も、受け継いでいくのだ。

その過程で失われるものもあるだろう。そして、進歩するものもある。少しずつ形を変えながら歩んでいくのだ。

そうやって、変わるものや変わらないものを内包しながら時代が過ぎていく。

湯築屋だって、同じだ。


――ほっといてよ……あんまり、見られたくない。ダサい。


フッと、頭の端を言葉が過った。

燈火は……もしかしたら、義農祭にいるかもしれない。伊予万歳の演目は、もうすぐはじまる予定だった。地元の小学生のあとに、地域の同好会が演じるはずだ。

はっきりと燈火が義農祭で踊るか聞いていないが……ここにいる気がする。九十九は燈火を探して辺りを見回した。

「…………」

だが、踏み出せなかった。

迷惑じゃないかな。

九十九は戸惑って、動けなくなってしまった。

燈火は、明確な拒否反応を示している。きっと見られたくないのだ。彼女には彼女の事情がある。なにも知らない九十九が割って入って、偉そうなことなんて言えない。

九十九はまだ燈火とのつきあいが浅い。

幼なじみの京や、すぐに仲よくなれた小夜子とは違う。

「こっちこっち、ばあちゃん」

「なんぞね、カメ？」

「こっちにおるよ」

「ほんとよぉ」

九十九の足元を、見覚えのある小動物が歩き回っている。

「ツル様、カメ様？」

九十九が呼ぶと、ツルとカメはビシッと組み体操のようなポーズを決めた。

周囲の人々には見えていないので、一羽と一匹は自由に遊んでいる。カメは身体を丸くして、ツルがそれを羽で打つ。すると、カメはぽよんぽよんとボールのように跳ねていった。動物の鶴や亀とは、物理法則が異なる。

「あんた、なんしよん？」

「はよ行かんかね？」

ツルとカメは口々に言って、九十九の身体を押した。

「え？　え、ええ？」

九十九が戸惑うのも構わず、カメが背中にボディアタックする。うしろから、ボールが直撃したような衝撃だ。

「ちょっと待ってください。えええ？」

「はよせんかね」

ポニーテールが垂れるうなじの辺りで、ツルもバサバサと羽を広げる。

「ま、待って。なにが……すみません！」

九十九は、ついツルを手で払ってしまう。再びうしろから突撃してくるカメも、辛うじて受け止めた。

ツルとカメが見えていない周囲からすると、九十九がパントマイムをはじめたと誤解されるかもしれない。

「こら、ツルさん。カメさん。もっと、ていねいに言わねぇと……若女将が困っとるぞ」

バサバサと羽ばたくツルを、誰かがつかんでくれる。

「作兵衛様……」

作兵衛は穏やかな表情で、ツルをなでた。カメのほうも、作兵衛が来るとうしろにさがっていく。

着古したパーカーとジーンズは、湯築屋と同じ格好だ。むしろ、外のほうが妙に馴染んでおり、周囲で祭りを楽しむ人々とあまり変わらない。義農祭の主役であるのに、作兵衛はいつもの作兵衛であった。

「ほら、行け」

と、作兵衛は九十九の背を押した。

「？」

九十九がふり返ると、作兵衛は人好きのする顔で笑った。素朴で、どこにでもありふれた、しかし、頼もしい。

「他人に気をつかってもいいことはねぇぞ。どうせ、同じ人間はいやしない。つきあっていれば、どっかでぶつかるもんだからさ」

「あ……」

燈火のことだった。

九十九が戸惑っていたからだ。ツルもカメも、九十九の背中を押していたのだろう。強引すぎる……というか、あれは完璧に物理攻撃だった。実力行使と言ったところか。作兵衛が現れなかったら、エスカレートしたかもしれない。

迷っても、言いたいことは言え。

それが燈火を傷つける言葉なら、駄目だ。

しかし、九十九の意図は違う。

「はい、ありがとうございます……！」

九十九は踵を返して走り出した。その頭に、カメが飛び乗り、ツルもうしろをついてくる。一匹と一羽は、一緒にくるようだ。いや、九十九を見守っていてくれるらしい。今度は、穏便に。

燈火にとっては迷惑かもしれない。大きなお世話だろう。

それでも、九十九は燈火に、どうしても言いたいことがあった。

ステージ横にひかえる一団を見つけて、九十九はつい叫んでしまう。

「燈火ちゃん！」

ステージ上では、今、小学生による伊予万歳が披露されていた。鮮やかな色の扇子を両手で回し、横一列になって踊っている。機材からは大音量の三味線と歌声が響いており、九十九の声はあまり目立たなかった。

だが、出番を待っていた演者の一人が顔をあげる。

燈火だ。

衣装は派手だが簡素だった。サテン生地の小袖を襷掛けにしている。鮮やかな赤と、袴の紫が、遠くからでもよく目立った。額には、松が描かれた扇子を結びつけている。大学で見るよりも肌が白く感じるのは、濃いめに白粉《おしろい》を塗っているからだろう。

「…………！」

燈火は九十九に気づき、目をまんまるにしている。やがて恥ずかしそうに、両手に持った扇子を広げて顔を隠してしまった。

「や、や、ややややだ。こっち来ないで！」

ずいぶんと動揺して、燈火は九十九から逃げるように背を向けている。

燈火のほかは、年配の婦人から中学生くらいの女の子まで。バラエティに富んでいる。地域の同好会なので、年齢が統一されていないのだろう。

実際、伊予万歳は保存会ごとに、踊りも衣装も異なっており、多くの要素がミックスされている。学校の活動ではない限り、年齢も幅が出てしまう。

「燈火ちゃん」

やっぱり、迷惑だったのかも。

九十九の心に不安が射す。

しかし、ここまで来たら言うしかなかった。だって、九十九はすでに燈火の懐へと、踏み込んでしまったのだから。

「わたし、伝えたいことがあるの」

「ボクは、なにも聞きたくないよ……！」

燈火の声は少し怒っているようだった。

「かっこ悪いでしょ。わかってるもん」

「そんなことないよ」

「嘘だよ！」

燈火は頑なに首を横にふっている。

このままの状態では、上手く踊れないのではないか。九十九も、周囲で聞いている人も、みんな不安な表情になってくる。

「わたし、そんな失礼なこと、わざわざ言いに来たくないよ」

「じゃあ、なに⁉」

早く帰れと言われている気がした。

どうしよう。話を聞いてもらえない……九十九はどうやって伝えようか戸惑ってしまった。

「はよ、お言いよ」

九十九の頭の上で、カメがうながす。

「ほうよ、ほうよ」

ツルも、同調して九十九の周りを飛び回った。

それでも、追い立てるような声が、今は応援のように聞こえる。力がわいてくる、とまではいかないが、身体が軽くなった。

九十九は息を整えて、燈火へ近づく。

足どりは、思いのほか軽かった。

「えっとね……燈火ちゃん。燈火ちゃんは、かっこ悪いとか恥ずかしいって言ってるけど……わたしは、そうは思わないよ。燈火ちゃんは、本当にすごいんだって気づいたから伝えにきたの」

燈火は頑なに顔を隠している。

けれども、九十九が歩み寄っても、逃げようとはしなかった。

「覚えている人がいなくなっちゃったら——みんなが忘れてしまった伝統は、消えてなくなるしかないんだよ。だから、それを伝える人って本当にすごい存在だと思う。わたしには、見たものを覚えていることしかできないから。だから、きちんと踊って、形に残していける人は、一番尊敬する」

なにが言いたいのか、ちゃんと伝わっているだろうか。内容がまとまっていない気がする。

「そんな大したものじゃないから……こんなの、習えば誰だってできるし、踊り方もバラバラで……結構、適当でいい加減だし……日本舞踊とか、そういうしっかりしたのとは全然違う……」

燈火の主張もわかる。伊予万歳は、決して格式高い厳格な伝統芸能ではないだろう。保存会ごとに、衣装も振り付けもバラバラである。起源は上流階級の宴席であったが、定着は農村の娯楽としてであった。

しかし、九十九は首を横にふる。

燈火が扇子の骨の間から、こちらを見ていた。

「わたしにはできないことをやれる燈火ちゃんが、うらやましいよ」

「…………」

九十九には役目がある。

湯築屋を継いで、後世へ残していく役目だ。それは初代の巫女である月子から続く湯築屋の伝統であり、お客様や、シロのためである。

月子は湯築屋を天之御中主神への反抗としてはじめた。絶大な力を持った神への、ささやかな抵抗だ。

だが、逆に九十九は天之御中主神が月子――人間を試しているように感じるのだ。

人が、どれほど長く繋いでゆけるのか。親から子へ、子から孫へと、どこまで受け継いでいけるのか。永遠にも近い神に匹敵するものを築けるのか。

だから、絶やしたくない。

そんな九十九だから思うのだ。

次世代へ繋ぐ役割を持った燈火がうらやましい。

九十九にだって湯築屋がある。でも、燈火とは違うのだ。伝統という形のないものを、自分自身で伝えていける燈火とは性質が異なった。

「すごくかっこいいと思う」

九十九には――湯築屋にはできない。

「声かけちゃって、ごめん。そろそろ行くね」

伝えたいことは、伝えた。

ステージでは、前に踊っていた小学生の演技が終わろうとしている。時間だ。

「あのさ……」

立ち去ろうと背を向ける九十九を、燈火が呼び止めた。

扇子で顔は隠していない。

いつもとは違う化粧の顔で、九十九を見ていた。瞳が揺れて、感情がおさえられないようだった。

「なんでもない」

しかし、燈火はそれだけ言って、顔を伏せてしまう。手に持った松の扇子を、おちつきなくいじりながら。

「あとで言う……」

あとで。

燈火は九十九に、「帰って」とは言わなかった。

九十九は笑顔を作り、うなずく。

「うん、あとでね」


ステージを中心に、大音量の音楽が流れる。

三味線と太鼓にあわせて、陽気な歌声が響き渡った。間に語りが入る、伊予万歳の基本的なスタイルだが、前に演じていた小学生の調子とも違う。保存会ごとに独自の踊りを継承する伊予万歳らしい在り方だ。

「九十九ぉ！」

九十九がステージの前に移動すると、シロが駆けてくる。どうやら、ずっと九十九を探していたらしい。

「あ、シロ様……」

そういえば、りんご飴を買い忘れていた。なにを言われるのか察して、九十九は「あちゃー」と表情をゆがめる。

だけど、今は……。

「シロ様、すみません。りんご飴が買えていなくて……帰りでいいですか？」

「それは、もちろんいいぞ。それより、彼方《あっち》の味噌汁に松山あげが入っているようなのだが——」

「ごめんなさい。あとにしてもよろしいですか……大事な用事があるんです」

ピシャリとシロの希望を遮って、九十九はステージを示す。シロも、つられるようにステージを見た。これだけ大音量で音楽が流れているのに、彼にとっては「今、気がついた」些事《さじ》のようだ。

やはり、九十九とは視点が違う。伊予万歳は神事ではないため、シロにとっては九十九との「デート」のほうが大事だったのだろう。

ここで決定権をシロに譲る選択もあるが、九十九は一生懸命、「わたしはこれが見たいんです」と訴えたつもりだ。

「そうか、わかった」

九十九の言葉を受けて、シロはすんなりと了承した。そして、九十九と同じようにステージを見てくれる。

九十九と一緒なら、シロにとってはなんでもよかったのかもしれない。しかし、それでも受け入れてくれたのが、九十九には嬉しかった。

「ありがとうございます」

ちょうど踊り手が一人出てくるところであった。

演目は「松づくし」だ。

鮮やかな衣装に身を包み、額に松の扇子をつけている。髪は全部隠れているが、生え際から脱色された金髪が見えた。

燈火は一人でステージの真ん中に立ち、舞いはじめる。

両手に持った扇子は閉じた状態だった。そのまま、円を描くような動作をしながら、三味線の音にあわせて手を動かす。身体を一回転させると同時に、両手をふると二本の扇子がバッと開いた。

三本の松が現れた。

音楽の節目にあわせて、燈火は扇子でポーズを作る。両手に広げた扇子と、額の扇子で三つの松の枝ができていた。

次の節目ではステージの横から、新しい踊り手が二人出てくる。今度は三人の扇子を組みあわせて、松の木が三本になった。曲の合間合間に人数が増え、立ち位置が組み変わり、全員で大きな松を作りはじめる。

観客たちは、松が仕上がるたびに、拍手をした。

終盤に向けて、ステージがどんどん華やかになっていった。独特の扇子使いや足さばき、リズムのとり方が陽気で心地よい。刻まれる旋律に、こちらまで呑まれて身体が揺れてしまいそうだ。

伊予万歳特有の調子のせい。

それもあるだろう。

しかし、九十九には違うように感じられた。

「楽しそうだ」

九十九の隣で声がした。シロとは反対側だ。

「作兵衛様」

ステージをながめて腕組みしていたのは作兵衛だった。燈火の演技を見てくれている。

彼自身も、とても楽しそうだ。

伊予万歳は郷土芸能だが、義農祭にゆかりがあるわけではない。地域の祭りを盛り立てる要素の一つに過ぎなかった。彼が生きた時代に、伊予万歳を見たかどうかも定かではない。

それでも、毎年、義農祭のために演じられる舞だ。

楽しみだったのだろう。

「本当に、楽しそうですね……」

九十九は改めて燈火を見あげる。

表情は真剣だ。集中して舞っていた。

だが……大学で、扇子を隠して恥ずかしそうにしていた燈火とは、ちょっと雰囲気が違う。

緊張もあるが、作兵衛の言うとおり楽しそうだった。

踊り手の楽しさが伝わってくる。すると、不思議なことに、見ているこちらもつられてくるのだ。

そして、それ以上に感じる。

こんな燈火ちゃんを見られて、なんか嬉しい。

あとで話すと言っていたが……九十九はなんとなく、燈火に自分の意見を伝えられてよかったと思えた。

演技が終わると、伊予万歳の面々は着替えのためさがっていく。

九十九は燈火と話せないかと思ったが、やはり逃げるようにいなくなってしまった。さきほどの踊りの様子を見て大丈夫そうだと確信していたが……少しばかり不安になってくる。

「九十九、九十九。松山あげ」

シロの傀儡がわくわくとした面持ちで九十九に呼びかけた。きっと、湯築屋にいる本人の背中では、尻尾が揺れていることだろう。どんな顔なのか想像できてしまって、九十九も思わず笑う。

「はい、わかりました……でも、シロ様？」

「なんだ？」

「お味噌汁は美味しそうですし、松山あげも入っているみたいですが……傀儡では食べられませんよね？」

「あ」

「この場で配布しているものなので、持って帰るのもむずかしいですし……」

「あ、ああ、あ……」

「わたしだけ食べちゃう形になりますね」

「ああああああ……」

九十九の指摘に、シロは大いに落胆した。傀儡の頭を抱えて、がっくりと項垂《うなだ》れてしまう。

先に言っておくべきだっただろうか。まあ、どっちみち、似たようなものか。

「りんご飴は持って帰って食べられますよ」

「そう……だな……」

「冷やして、しゃりしゃりのりんご飴にしましょう」

「儂、あーんしてほしい……」

「セルフあーんでもしておいてください」

「口移――」

「調子にのらないでください」

最近、シロの要求はエスカレートしがちだ。譲歩すると、なし崩し的にいろいろ失うことになりかねない。ここは心を鬼にして、順序を守って……ところで、順序ってなんだろう。

「あ……あの――」

そんなやりとりをしている九十九の背中に、気配を感じた。

声をかけられた、ような？

「あ、燈火ちゃん」

ふり返ると、やはり燈火がいた。口をパクパクとさせながら立ち尽くしている。

来てくれると信じていた。

九十九は笑顔で燈火に向きなおる。

燈火は衣装を着替えていた。いつもの黒を基調とした、カッコイイ服装である。化粧はステージからおりたためか、落としていた。いつもと違う、素顔の燈火だ。

「ご、ごめ……彼氏？」

「え？」

「邪魔した。また今度、大学で……」

燈火がもじもじと視線をそらしながら、帰っていこうとする。

九十九はなんのことかわからなかったが、遅れて「シロ様の傀儡が誤解されてるー！」と気づく。いや、夫婦なので厳密には誤解ではないのだが……いやいや、気持ちはつきあいたての恋人のようなものだから、やっぱり正解……いやいやいやいや、今はどっちでもいいけど！

「大丈夫！　大丈夫です！　コレは彼氏とかじゃないから！」

つい、コレ呼ばわりしてしまった。

しかしながら、当のシロは「うんうん。恋人ではないな」とうなずいているから……まあいいよね！　たぶん、うしろに「儂ら、夫婦だからな！」とかなんとか絶対に続いているが。

「でも、邪魔じゃないかな……」

「むしろ、シロさん――シロウさんが邪魔だから大丈夫。あっちで話そうっか」

「いいの？」

「いいの、いいの！」

九十九は燈火の肩に手を置き、強制的に方向転換する。シロの傀儡は「ええ!?　儂、邪魔……？　邪魔なのか……？」と落ち込んでいるようだ。さすがに、雑に扱いすぎた……りんご飴あーんくらいは譲歩すべきかもしれない。

「そういえば、湯築さん。さっき頭に亀が……それに、今の彼氏もちょっと変――あ、ううん。なんでもない」

普通の人間には見えないが、燈火には見えている。

ツルやカメも、燈火にはやはり見えていたのだ。そして、シロが人ではないのにも、燈火は気づいていた。

「ごめん、ボク変なこと言った……」

燈火は一人で肩を落としながら、前言を撤回しようとする。けれども、九十九は力強く首を横にふった。

「変じゃないよ。ツル様とカメ様は、うーん。たぶん、その辺りにいると思う。シロウさんも、普通の人じゃなくて、神様なの。ナイショだよ？」

そう返答すると、燈火はギョッとした表情で九十九を見返した。

「え？　どういうこと？　神様って、神様？」

「そう。神様。言ったままの意味かな。わたし、燈火ちゃんと同じものが見えるんだ」

燈火は混乱した様子で、口をパクパクと開閉している。彼女は言葉につまると、この仕草をするようだ。

「ごめんね……燈火ちゃんは、いろいろ見える人なんじゃないかなって……入学式のときには、気づいてたんだ」

燈火には神気が宿っている。突出して強くはないが、弱くもない。九十九は、彼女にツルやカメの姿が見えていると確信していた。

神様や妖の一部は人間に擬態して生活に溶け込んでいる。化け狸の将崇などがそうだ。作兵衛なども、周囲の人々に紛れていた。だが、ツルやカメはなにかに擬態しておらず、周囲からは見えないものになっている。

「湯築さんも、見えるの？」

「わたしは……そうだなぁ。見えるのが当たり前だったというか、むしろお話ししたり、おもてなししたりするよ」

「は？　え？　なにそれ」

「やっぱり、燈火ちゃんの周りには、ああいうの見える人はいなかったんだね」

燈火は混乱しているようだ。無理もない。

九十九のように、代々神気が強い家系では、相応の教育がされる。知識を得て、そういうものだと幼少期から割り切っていたのだ。

だが、燈火の家庭は違う。

神気の強い人間など周りにおらず、神職の関係者でもないようだ。稀に、こういう体質の人間がいるらしい。だから、燈火は初めて自分の「同胞」と出会ったことになるだろう。

九十九にはない経験だった。

「ちょっと打算的って思われちゃうかもしれないけど……わたしは最初から、燈火ちゃんと仲よくなりたかったんだ」

授業の自己紹介で全員の名前を覚えたのは本当だ。しかし、気に留めたのは燈火に神気の力があったからである。そこは否定できない。

放っておけなかった。

これからも、燈火は神気のせいで苦しむと思う。いったいなんなのか、本人にもよくわからないまま。それは燈火にとっても、周囲にとっても、あまりよくない。

正しい知識を得て、対処法を会得すれば、この力とつきあっていける。その方法がわからないまま、燈火を放っておけなかった。

「なんか……初めてで」

燈火はぼそりと言いながらうつむいてしまう。

「こういうの見えるって言うと、たいてい気持ち悪がられるし……あと、伊予万歳だって……」

「伊予万歳？　伊予万歳、なんか変なの？」

九十九が首を傾げると、燈火はやりにくそうに目をそらしてしまう。

「だって……」

「だって？」

「ううん」

燈火はやがて、首を横にふる。

「ボクは……ボクにとっては、憧れだったんだ」

それは説明というよりも、言い方を改めたようだった。

「ばあちゃんがやってて。小さいとき、すごくキラキラしてた。綺麗な服を着て、楽しそうに踊ってて……踊ってるときだけは、ばあちゃんすごい元気そうで。いつもは膝が痛くて運動しなかったのにさ。まるで、別人だった……だから、ボクもやりたいって言ったんだけど」

燈火の憧れは祖母に向けたものが最初だった。

衣装で着飾って、扇子を回し、みんなと一緒に大きな演目に見せる。練習も楽しくて楽しくて仕方がなかった。

燈火はやはり幼いころから、他人とは違う景色が見えていた。それによって強い疎外感を覚えていたのだ。ずっと他人に隠しごとをして生きているような気になってくる。同じことをしていても、自分だけ世界から切り取られているような……。

しかし、伊予万歳をやっていると気が紛れた。一生懸命になるだけで、人間の気持ちは前を向く。それだけではなく、他人から隠れなくて済む。燈火にとっては、踊りが自信になっていた。

だが、

――ダッサ。


どの祭りだったかは、はっきり覚えていない。

小学生のころだったのだけはわかる。

ステージ上で燈火たちが伊予万歳をはじめた瞬間、声が聞こえたのだ。周囲のにぎわいや音楽もあり、実際にはそこまで響いていなかったかもしれない。もしかしたら、燈火にだけ聞こえていた声だったのかもしれない。

だが、はっきりと燈火の耳には届いていた。

声の方向を見て、おどろく。

小学校のクラスメイトの姿があったのだ。二、三人で笑いながら、燈火を指さしていた。

楽しそうではない。

嘲笑されているのだと直感した。

なにかの勘違いだろう。

だって、燈火は綺麗に踊れている。今日は間違えていない。大丈夫なはずなのに……しかし、すぐにそういう意味ではないとわかってしまったのだ。

――こんな風に回すんでしょ？

――ねえ、漫才《まんざい》なんでしょ？　面白くなーい。

――種田さん、変なの。

クラスメイトが、なにを言っているのか聞こえてしまった。いや、すぐ近くにスピーカーがあったので、幻聴だったかもしれない。

いっそ、幻聴であってほしかった。

燈火はそのまま、扇子を持った両手をさげる。そして、舞台の端で一人だけ、踊れずに立ち尽くしてしまった。

燈火は祖母に憧れて伊予万歳をはじめた。それまでキラキラと輝いていたはずの衣装は、縫い目が粗く、てろてろで色あせたサテンの布きれだと気づいてしまう。使い込んだ扇子は角が丸く黒ずんでおり、おんぼろだった。

夢から覚めた気分だ。

途端、世界も急に新鮮さをなくしてしまう。

それから、燈火は完全に心を閉ざした。

他者に寄りつかないよう、空気でいようとする。中学から、私服は派手な服を着て、あまり人を寄せつけぬようにつとめた。

他人には見えないものが見え、好きなものは否定され……自分の居場所なんて、どこにもないと感じたのだ。

スマホでつながるＳＮＳの世界だけは、自分を隠すのがラジャなので、好きだった。

「それでも、燈火ちゃんは伊予万歳、やめなかったんだよね？」

「え？」

九十九の問いに、燈火は目を丸くする。

「やめなかったんでしょ？　あんなに楽しそうに踊ってた」

燈火が伊予万歳を否定した理由は、わかった。

しかし、燈火は伊予万歳を続けている。そこでやめてしまう選択だってできたのに、まだ踊っているのだ。

それに、燈火は他人との交流をやめても、学校へは来ている。

完璧にすべてを遮断したわけではない。

「楽しくなんて……」

「でも、わたしにはそう見えたよ。楽しくないものを続けるって、本当に大変だと思うけど？」

「惰性って言葉知ってる？」

「知ってるけど、お仕事でもなんでもないんだから、やめるのなんて簡単じゃないの？」

「たしかに……」

九十九の言うとおりだ。と、燈火は小さくうなった。九十九の言葉を否定できないらしい。というより、その発想がなかったようだ。

「ボクさ……湯築さんに声かけてもらって……ほんのちょっとだけ嬉しかった、気がする」

燈火はやはりもじもじとしながら、視線が定まらない。他人の目を見て話すのに慣れていないようだ。

「ありがとう。なんか……ひさしぶりに、気持ちよくやれた、かな？」

「そっか。よかった！」

手持ち無沙汰な燈火の手を、九十九は両手でにぎった。すると、燈火は驚いて目をパチクリ見開く。

「あ、あ、ありがと……湯築さん」

「九十九でいいよ」

「そんな、いきなりそういうの、無理……」

やはり、恥ずかしそうだ。

湯築屋に来たころの小夜子を思い出すが、それとは別の種類だと思った。

6

この日は、深く深く……もぐっていけた。

水の底へと沈んでいく感覚。

これは夢である。

九十九は深い眠りの夢にもぐっていた。

いつもの夢だ。別段、変わったことはない。

それでも、九十九は暗い闇の中で両目を開けた。周囲はどこまでもどこまでも、透きとおった黄昏のような藍色。星も月もない。なんの光も見えぬ虚無だ。

湯築屋の空と同じ。

普段どおりなら、目を閉じて身を委ねていれば「迎え」が来る。

だが、不安になってしまったのだ。

またどこかから、白鷺が現れないだろうか……。

いや、心のどこかで現れてほしいのだと自覚する。

九十九は、まだ白鷺——天之御中主神と、ゆっくり対話していない。

いつか。

いつか、話すべきだと感じている。シロは嫌がるかもしれないが、九十九はその必要性があると思っていた。

「ごめんね、お待たせ」

はっ、と気がつく。

それまで、九十九は虚無のような闇をもぐって泳いでいた。気が遠くなるほど広く、なにも見えない空間だ。

だが、いつの間にか別の場所にいる。

両足は地面につき、しっかりと立っていた。もぐっていく感覚は消え、妙にリアルな風が頬をなでる。見回すと、鬱蒼《うっそう》とした木々が辺りに茂っていた。

ここは、いつもの夢である。

迎えが来たのだ。

「月子さん」

ふり返ると、白い装束の女性が立っていた。

しなやかで長い黒髪が肩から落ちる。その表情は儚《はかな》げだが、強《したた》かでもあった。少女のようにも、淑女のようにも見える……不思議な女性だ。

月子は湯築の初代巫女であり、この夢に住む。彼女の意思は夢の中にあり、代々の巫女に秘術を伝承する役目を持っていた。九十九も、今は彼女に様々なことを教わる立場である。

いつもの夢。なんの変化もない、夢だ。

天之御中主神は、現れない。

先日は気まぐれだったのだろうか。

それとも、なにか言いたかったのか。

「そのうち」

月子は九十九の肩に手を置いた。いつの間に、こんなに近づいたのだろう。思ったよりも、月子の顔が間近に迫っていた。

しかし、この夢ではよくある。現実の物理法則など無視してしまう。

「きっと、また来るよ」

九十九の考えなど見通している。そう言われた気がした。

「そう……ですね……」

九十九は気を取りなおそうと、目を伏せた。

「またシロが邪魔するかもしれないけど」

そのとおりだった。

以前に天之御中主神が夢に現れたときは、シロが邪魔をしている。次も同じかもしれない。そうなると、永遠に天之御中主神との対話はできないような気がする。以前よりも強固に、シロは天之御中主神を押さえ込もうとしていた。

シロ本人はとくに言わないが、なんとなくわかる。

少し……シロは無理をしていた。本来の力関係は、シロよりも天之御中主神のほうが強いはずだ。

こんな状態が続くのは、よくない。

「でも、そのときが来ても、たぶん大丈夫」

「え?」

九十九の不安を読んだかのように、月子は笑う。とても頼もしくて、妙な説得力があった。

月子はそっと、九十九の胸の辺りを指さす。

「きちんと練習してるから」

「だけど、月子さん……わたし……」

月子が夢で授けるのは、天之御中主神の力の使い方だった。白鷺の羽根を依《よ》り代《しろ》にした術である。

シロの力とは独立した術だ。

たしかに、この羽根を使えば、シロからの介入を防ぐことができそうだが――。

「わたし、まだ夢の中でしか力を使えないんです……」

九十九はまだ夢でしか白鷺の羽根を扱えない。現実の世界では、シロの髪を依り代にした退魔の盾だけが頼りである。

やり方が悪いのだろうか。九十九が未熟なのだろうか。とにかく、夢のように、現実では力を行使できなかった。

半人前だ。

とくに九十九は最近まで、月子との夢を忘れていた。シロが夢での記憶を消していたからだ。そのせいなのか、代々の巫女よりも力の使い方が拙い。神気の力は随一のはずなのに。

これは仕方がない。夢への介入もあったし、九十九の場合は学業を修めるまで登季子《ときこ》からの指導を受けない約束になっている。

仕方のない事情はあるが、やはり焦りは感じた。

「大丈夫だから」

月子が九十九の頭をなでる。

夢とは思えない温かさが、身体に伝わってきた。

シロがときどき髪をなでてくれるが、彼とは違う。まるで慈しむような優しい気持ちが流れ込んでくる。

親から子へと受け継がれるような……しかし、登季子のそれとは異なっていた。不思議とおちついてくる。

「自分を信じてあげて」

月子の言葉が胸に染み込んでいった。

「あなたなら、シロの寂しさを救えるから」

シロ様の……寂しさ。

どうやって？

九十九の脳裏に、シロの顔が浮かぶ。

シロは澄ましていたり、無邪気であったり、様々な表情をする。その中でも、九十九の胸をいっそう締めつけるのは、寂しそうな顔だった。

苦しくて、痛くて、辛くて、脆《もろ》くて……神様とは思えない顔をする瞬間がある。

あんな顔のシロ様を、救う？

わたしが？

本当に？

だが、呆然とする九十九に、月子は解決の方法を教えてくれなかった。自分で考えろというのか。

それとも、まだそのときは来ていないのか――。

頭上に浮かんだ大きくて丸い月は、そんな二人をずっと照らしている。ぼんやりと、スポットライトのようだった。

「さあ、今日も覚えてもらいましょうか」

月子は九十九から距離をとる。

「あなたたちのために」

改めて、月子は九十九の前に手を差し出した。

九十九を誘《いざな》っている。

だが一方で、選択を迫られているようにも見えた。

「――はい」

返事をすると、身が引き締まった。

適度な緊張感で、雑念を忘れようとする。

しかし、重ねた月子の手は、変わらず優しかった。

火．神愛《しんあい》なる者ども

1

シャン、シャン、シャン。

鈴の音が響き、湯築屋《ゆづきや》の結界にお客様が入ったことを知らせた。この音を聞いて、従業員たちは玄関へと急ぐ。

九十九《つくも》はいつも一番に玄関へ行こうと心がけていた。しかし、走ってはならない。慌てず、焦らず、お淑やかに、だ。

すっすっすっ、と着物を纏《まと》っての競歩にも慣れている。撫子《なでしこ》柄の着物が、歩調にあわせてひらりひらり。薄いピンクに金糸の模様が可憐だが、夏らしく涼やかな意匠でもある。金色の簪《かんざし》が、頭のうしろでかすかに揺れるのを感じた。

そんな九十九の足元で、トトトッと小刻みな足音が聞こえる。

「若女将《わかおかみ》っ」

子狐のコマだった。

小さな身体で、九十九について歩こうと懸命だ。走っているように見えるが、本人にそのつもりはない。歩幅が小さいので、いつもこうだった。

「見てくださいっ」

コマは両手をふりながら、ぴょこぴょこと跳ねて九十九にアピールした。そして、うんと表情に力を入れる。

いつになく真剣で、むずかしい顔だ。「うーーーーん」と、気合いを込めている。

「こんこんこん　おいなり　こんこんっ！」

コマはそう言いながら、その場で跳びあがった。

もくもくと白い煙が立ち込め、コマの身体が宙返りする。

「上手くできてますか？」

タッと両足をついて着地したときには……小さな子狐の姿はどこにもなかった。変化《へんげ》である。

別の姿に化けていた。

コマは化け狐だ。しかし、あまり変化が得意ではない。本人が変化したがらないので、九十九も滅多に彼女が化ける姿を見たことがなかった。こんな風に、能動的に見せてくれるなど珍しい。

「わあ……すごいよ、コマ！」

そこに現れたのは、九十九と瓜二つの娘であった。

両手と一緒に、撫子柄の着物が広がる。眉毛が短くて丸いが、おおむね鏡を見ているような心地だ。コマは得意げに、その場で一回転する。

変化が苦手なコマは、化け狸の将崇《まさたか》を「師匠」と呼んで慕っていた。将崇は隠神刑部《いぬがみぎょうぶ》の血を引き、人間に化けて学校に通えるほどの狸である。コマが化け術を師事するには最適の相手であった。

特訓の成果を見せたかったのだろう。あいかわらず、化けた姿が九十九にそっくりであったが、以前よりも遥かに上手い。前は変化が長く続かず、すぐにもとの姿へ戻ってしまっていた。

「ウチ、ちゃんと化けられてますか？」

「うん、すごい！」

「尻尾も出てないです？」

「大丈夫、出てないよ」

褒めると、コマは恥ずかしそうに顔を赤くしながら笑う。しかしながら、姿があまりに九十九とそっくりなので、若干のやりにくさを感じる。むしろ、仕草が九十九自身よりも可愛く見える……ような気がした。気のせいかな？　なんか、悔しい。

将崇は人間の調理師免許を取得して、自分の飲食店を開きたいと言っている。

コマは、将崇のお店に従業員として誘われたらしい。スカウトだ。そのためか、最近のコマはいやに張り切っている。

完璧な引き抜き行為なのだが、そこは二人の好きにさせたいと九十九は思っていた。きっと、シロだって許してくれるだろう。

変化が上手くいかず、今までのコマは自分に自信がなかった。

けれども、将崇のおかげで変わったのである。それがなによりも、九十九には嬉しかった。

単純に、彼らのお店を見てみたい。

「これで接客しても、いいでしょうか」

コマの提案に、九十九はうなずく。

「いいよ、コマ」

姿が九十九と似ているが……なにせ湯築屋のお客様は神様なのだ。きちんと本質を見据え、変化には騙されない。仲居と若女将が同じ顔をしていたって、あまり関係がないはずだ。

それに……本人には指摘しにくいが、実は今の瞬間、頭の上に耳が生え、お尻からは尻尾が出てきてしまった。惜しい。さっきまでは、上手く隠せていたのに！

しかしながら、まだしばらくの間は変化が解けそうにないので、このままで大丈夫だろう。去年までは一分も持たなかったことを考えると、大きな進歩だ。九十九はそのことを褒めてあげたい。

「じゃあ、玄関行こうか」

「はいっ」

コマはぺこりと頭をさげて、玄関へ向かう。人間の身体と着物に慣れていないせいか、若干、歩き方に違和感があった。つま先で跳ねるように、トコトコと歩く姿がなんとも可愛らしい。

そんな風に、九十九とコマはそろって玄関へ。

「あら、コマ。上手に化けたわね」

玄関につくと、すでに仲居頭の碧《みどり》が、従業員用の下駄を履いているところであった。

碧には神気がないので、しっかりと見た目でコマと九十九を見分けているはずだ。けれども、コマは耳と尻尾が出ているとは気づかず、「えへへ、バレちゃいました？」と頭を掻く。同時に、尻尾が左右にもふもふ揺れた。

門へ行くと、お客様たちが見えた。

「ただいま、つーちゃん！」

思いっきり笑いながら手をふっているのは、湯築登季子《ときこ》。九十九の母親であり、湯築屋の女将だ。そして、湯築屋の海外営業担当でもある。

神気の扱いに長《た》けており、現状、巫女の九十九を除くと湯築の家では一番の使い手と言えるだろう。交渉術にも秀でており、癖の強い神様たちのお相手ができる。湯築屋にとって、頼もしい存在であった。

今までに、ギリシャ神話の主神ゼウスやオリュンポスの神々。エジプトのファラオや、南米のケツァルコアトル神など、様々な神様を呼んでいる実績があった。常連客となった神様もたくさんいる。

難点は、湯築屋への事前報告を忘れがちなことだ。

今回も、九十九たちは登季子がお客様を連れて帰ってくるとは知らなかったため、なにも準備していない。

とはいえ、湯築屋のお客様のほとんどは飛び込みだ。予約客はあまり多くないので、おもてなしに支障はなかった。

「いらっしゃいませ、お客様。おかえりなさいませ、女将」

お客様と登季子に、それぞれ頭をさげる。

今回、登季子の招いた客は二柱だった。

一柱は見覚えがある。灰を塗ったような独特な肌色や、額に見える第三の目が特徴的だ。顔は非常に整っているが、ギラギラとした眼や笑みが好戦的である。

「おひさしぶりです、シヴァ様」

インド神話のシヴァ神だ。破壊と再生を司る神で、以前にも湯築屋を訪れている。ちょうど一年ほど前のことなので、九十九もよく覚えていた。たしか、あのときは……柴漬けと野球拳おどりを大変気に入ってくれたと思う。

「呵呵《かか》！　おひさしぶりか。そうさな、人の寿命ではそうであろうな。おひさしぶりだ、若女将」

シヴァは快活に笑いながら、九十九の頭をわしゃりとなでる。気に入ってもらえていると解釈して、九十九も笑みを返す。

九十九の感覚で、一年ぶりは「おひさしぶり」だ。しかし、神様にとっては、「つい昨日のよう」だろう。それでも、九十九は再来するお客様には「おひさしぶりです」と、言葉をかけるのだ。これが人間としての接し方だからである。

「…………」

隣に立っているのは、知らない神様であった。

九十九はシヴァ同様に頭をさげる。

「いらっしゃいませ、お客様」

紺色のチェック柄シャツに、グレーの綿パン。前髪が長く、黒縁の眼鏡をかけているせいか、顔はあまり見えなかった。金に輝く腕輪をしているが、特徴と言えばそれくらいだ。

普通の人……という言い方をすると、物凄く失礼だろう。だが、いかにも神様然としたシヴァに比べると、「凡庸」に思えた。

作兵衛のような親しみやすさとは、また違ったものを感じる。ロックスターが信仰を得て神様となったジョー・ジ・レモンとも別種だ。そもそも、凡庸に見えると言っても、人間から神になった者とは明らかに異質である……。

神気は強そうだ。隣のシヴァに勝るとも劣らぬ。とても古くて強力な神様であると九十九にだってわかった。それなのに、どうしてこんな感想を抱いてしまうのだろう……不思議だ。

覇気がない？

神様らしい威厳や自信がまったく感じられないのだ。

どの神様も、普通は自身の役割や存在に誇りを持っている。古代からの神々ほど顕著であった。自分がどれほどの偉業を持ち、どれほどの加護を人間に与えてきたか。誇らしく思っている神様がほとんどだ。

人々に厄災を与える貧乏神のように、自分の存在を卑下しているわけではないが……なんとも、引っかかる雰囲気だと思ってしまう。

「…………」

お客様はぼんやりとしていた。

どこをながめるでもなく、ただシヴァの隣に立っている。心ここにあらず。そんな雰囲気であった。

「あの」

ようやく、こちらを見てくれた。

やっと気がついた、そんな素振りである。今まで、九十九の存在など眼中になかったようだ。

「嗚呼《ああ》……アグニだ」

ようやく、名乗ってもらえた。

アグニもシヴァと同じく、古来より信仰されてきたインド神話の火神である。アーリア人の拝火信仰が起源とされており、自然界における火だけではなく、心中の怒りの火、思想の火、霊感の火といった人間の心にも存在する。ありとあらゆる火を司る神と称されていた。

意外な名である。

九十九のイメージする火の神と言えば、苛烈であったり、情熱的であったり……そういう性分を思い浮かべてしまう。だが、目の前にいるアグニという神様は、そのようなイメージとはほど遠かった。

火の神というのを差し引いても……ここまで覇気のない神様がいるだろうか。やっぱり、引っかかるなぁ。

とはいえ……人を見た目で判断してはいけない。いや、神様だけど。

「アグニ様、はじめまして。ようこそ、湯築屋へお越しくださいました。若女将の湯築九十九と申します」

九十九は他の神様たちと同様、アグニにもあいさつした。アグニは、一応、こちらに目を向けてくれているが……興味はなさそうだ。感情の動きのようなものが、まったく感じられなかった。

「…………」

ふと、シヴァが九十九を見ているのに気がついた。

「？」

だが、すぐにシヴァは九十九から視線を外した。

「さてさて、行こうじゃあないか。よい宿だぞ」

シヴァはアグニの肩に手を置き、湯築屋の中へとうながした。アグニはシヴァからの語りかけには、すぐ反応を示す。うなずきながら、「そうか」と返していた。

「なにせ、いくら破壊してもなくならぬらしい！」

シヴァはそんな冗談を言いながら、湯築屋へと向かっていく。たしかに、湯築屋はシロによって守られているので、いくら暴れても壊れない。が、お客様による破壊行為は困るから、やめてほしいなぁ……。

「お客様、こちらへどうぞっ！」

コマが必死に接客しようとする。

変化している最中だが、いつもの癖が抜けないらしい。両手をあげて、その場でぴょんぴょんと跳ねて存在を主張していた。九十九と似た姿をしているためか、ちょっとだけ複雑な気分になってしまう。

「あ……！」

しかし、コマは化けた姿にも不慣れであった。跳ねた拍子に、足をひねってしまう。そのまま、コマの身体は前のめりに倒れ込む。

煙がもくもくとあがり、みるみるうちに変化が解けていった。身体が小さくなり、両手が前足に。両足がうしろ足へと変わっていく。

九十九はとっさに、子狐に戻ったコマの身体を受け止める。

「う……うう……」

コマは疲れてしまったようで、うなりながら目を回していた。九十九の腕の中で、ぐてんとしている。

「コマ、大丈夫？」

九十九が苦笑いすると、コマは「うう……申し訳ありません……若女将……」と、うめき声をあげる。

これは、しばらく仕事はできそうにない。無理をしすぎたようだ。

「つーちゃんは、お客様のご案内をしてきな。コマはあたしが看るからさ」

伸びてしまったコマを、登季子が受けとる。

お客様のご案内があるので、九十九はお言葉に甘えることにした。

「じゃあ、女将。おねがいします」

「はいはい、まかせなさい」

登季子は得意げに胸を張った。営業担当だが、やはり湯築屋の女将。いざというとき、頼りになる。

「でも、女将。やっぱり事前のメールは欲しかったです」

とはいえ、九十九が苦言を呈すると、途端に目をそらした。報連相《ホウレンソウ》は、しっかりとしてほしいものだ。まったく。

「空港で送ろうと……思っていたんだよ。そしたら、いきなりアグニ様まで来ることになっちゃったからねぇ？　あははは～」

急に登季子の口調が白々しくなった。

しかし、登季子の言い草だと、アグニは元々来る予定ではなかったようだ。いったい、どういう経緯だったのだろう。

「では、お客様方、こちらへどうぞ。お泊まりは同室ですか？　お部屋をおわけしましょうか？」

　碧がお客様たちの希望を聞く。答えは別室で、ということだったので、それぞれ別の部屋へ案内する。

「我は彼方《あちら》の部屋がよい。空いているか？」

　玄関を入って廊下に差しかかった途端、シヴァが別方向を指さした。

「はい、空いておりますが？」

　アグニとシヴァは別室希望だが、隣室へ案内しようと思っていた。グループ客の場合、部屋が近いほうがなにかと便利だ。

「では、頼む。前回とは別の部屋に泊まってみたいのだ」

「ああ、それでしたらお安い御用です」

　湯築屋は、部屋ごとに趣向が異なっている。調度品が変化したり、露天風呂が楽しめたりする部屋もあった。庭も、見る角度によって景色がずいぶんと変わる。案外、以前と別の部屋へ宿泊したいという要望を告げるお客様は多い。

　シヴァの示した先には、五色《ごしき》の間がある。足湯付で、人気がある部屋だ。

　湯築屋は基本的に飛び込み客ばかりだ。どの部屋も、いつでも使用できるように準備されていた。

「私はあちらでよい」

一方、アグニは当初の部屋でいいと言った。シヴァの隣部屋も用意できるが……すかさず、シヴァが「おうよ。では、あとでな。アグニ」と快活に言い切ってしまった。

なんとなく、部屋の提案を遮断された気がする。

まあ、アグニ様もシヴァ様も、それがいいって言ってるし……。

「では。アグニ様は、こちらへ」

碧がアグニの案内を引き受けてくれる。

「シヴァ様は、わたしがご案内しますね」

九十九はシヴァを案内する。

シヴァは特に異論なく、九十九のあとを歩いた。


湯築屋の湯は神気を癒やす。

足湯のある五色の間は、長期療養目的のお客様にも人気だった。埋まっている日も多いのだが、今はちょうど誰も使っていない。

「若女将よ」

五色の間へ向かう九十九に、シヴァが声をかける。

「はい、なんでしょう？」

なにか不都合があっただろうか。それとも、気が変わって部屋移動？　九十九はなんにでも対応するつもりでシヴァをふり返った。

だが、シヴァの表情がいつになく神妙だったので、背筋に緊張が走る。

威圧感ではないが、圧倒するような空気が立ち込めた。

違和感のあるアグニと違い、シヴァは実に神様らしい神様だ。そこに存在するだけで、手が届かぬ輝きのようなものを感じる。自然と畏怖し、頭《こうべ》を垂れてしまいたくなるのだ。このような神様は、湯築屋にはよく訪れる。

そして、出会うたびに、改めて恐ろしさと偉大さを思い知らされるのだ。慣れることはない。同時に、お客様が本物の神様である限りは、この緊張感は忘れてはならないとも思っている。

「其方《そなた》はアグニをどう見る」

シヴァから投げかけられたのは問いだった。

「どう……って？」

九十九は困惑しながら、問いに答えようとつとめる。シヴァは九十九になにを言わせたいのだろう。

「正直に申せ」

九十九が思っていることを、そのまま伝えるべきなのだろうか。

「…………」

迷う九十九の背後に、フッと風のような気配を感じた。

なにかが、うしろに現れた？　——しかし、ふり返る前に、九十九はその正体について察する。

シロがいてくれているのだ。

霊体化して気配しかないが、九十九は確信していた。見えないけれど、そこにいる。もしかすると、シヴァには見えているかもしれないが。

九十九はうしろは見ないようにした。

シヴァが九十九から一瞬も目をそらさないからだ。

瞬きせず、九十九を凝視している。

九十九の答えを待っていた。

大丈夫。シロ様がいるから……。

「……覇気がないように思いました」

アグニについての所感だった。

正直に述べるが、シヴァはまだ九十九を見つめている。

「湯築屋には、様々な神様がいらっしゃいます。シヴァ様のような神様もおられますが、庶民的で人間らしい神様も多いです。でも……アグニ様は、今まであまり見たことがないタイプのお客様だと感じました」

貧乏神のように、自身の特性を自嘲する神もいる。だが、それでも神様だ。そういうものだと割り切って、神である役割は果たそうとしている。はっきりと、タイプが違うと断言できた。

「そして、本当にわたしの印象ですが……アグニ様は、わたしを——いいえ、人を毛嫌いしているのではないかと思いました」

この答えがいいのか悪いのか、九十九には判断できない。神様にいいも悪いもないからだ。

けれども、シヴァの問いは……九十九に、こう言わせようとしている気がした。

シヴァはようやく目を細める。縛りつけるような圧力が消えた。その途端に、呼吸が楽になる。今まで、息苦しいことにも気がついていなかった。九十九の身体中から、汗が噴き出る。

「其方は昨年も我の要求を見事に叶えた。野球拳とやらは、なかなかどうして興味深いものであったぞ」

シヴァの前で披露した野球拳を思い出す。

全国的には、バラエティ番組などの影響で、ジャンケンの勝敗によって脱衣する踊りというイメージが根強い。だが、松山《まつやま》を発祥とする野球拳に、本来そのような振り付けはない。シヴァとは、純粋な勝敗と踊りを楽しむ、野球拳おどりを一緒に行った。

シヴァは破壊と再生の神だが、舞踏の神でもある。戦いを好む神なので、考えたすえに、舞踏と勝負の両方を味わえる方法を提案した。

結果、シヴァに喜んでもらうことができ、今回の再来に至ったのだ。

「此度《こたび》も命じよう。若女将よ、アグニを満足させよ」

シヴァの言葉に九十九は目を丸くする。

「アグニ様を……？」

登季子が言っていた。

アグニが来ることになったのは、いきなりだった、と。

シヴァは最初から、このためにアグニを湯築屋へ呼んだのだ。

しかし、わからない。

アグニの望みは、なんだろう。どうすれば、彼が満足するのだろう。九十九には、なにができる？

「あれの本質は、情動だ」

情動……怒りや悲しみなど、激しい感情だ。湯築屋を訪れたアグニとは正反対——いや、違う。

あの妙な引っかかりや、覇気のなさは不自然すぎる。

「アグニ様はご自身を抑えている、ということでしょうか」

自らを抑制している。その結果、なにも感じられなかったのではないか。九十九は、そう結論づけた。

「アグニを本気にさせろ」

「本気、ですか？」

思わず眉を寄せる。

アグニが自らを抑制しているのは、わかった。だから、本気にさせてほしいという要求なのも理解できる。肝心なのは、その方向性だ。

アグニはインド神話で最も古くから信仰される神の一柱だ。あらゆる火が、彼に紐づけされると信じられてきた。最古の聖典『リグ・ヴェーダ』においては、雷神インドラの次に讃美されている。

誕生後、すぐに両親を食い殺したという説もあり、神話に語られるアグニはどちらかというと苛烈で勇猛な神という印象だ。「情動が本質」と言ったシヴァの説明は正しいと理解できる。

同時に……アグニは後世になるにつれ、影響力が薄れる神でもあった。時代によって、信仰の在り方が変わるのは珍しくない。堕神《おちがみ》になるようなことはないだろうが、今ではあまり信仰されない神様だという。

神々は絶大な力を持っている。

しかし一方で、人々の信仰によって、力や存在が揺らいでしまう脆《もろ》さもあった。神々は人間を虐《しいた》げても、従えてもいないのだ。

相互に関係している。

いわば、隣人のような存在だと、九十九は解釈している。

だからこそ、湯築屋に来たお客様には満足してほしい。精一杯やりたいと思うのだ。これが九十九の信念だった。

「そう。そういう人間であるから、我は其方にやってほしい」

九十九の思考が読まれていたようだ。シヴァは微笑みながら、まっすぐ九十九の胸の辺りを指さした。射貫かれている気がして、どきりとしてしまう。

「アグニと戦え」

「え」

今、なんて?

九十九は両の目を丸めたまま、表情を固まらせた。

「や……野球拳ですか?」

「否」

やっぱり、そっちじゃなかったー！　それ、本気で言ってるんですか⁉　思わず口にしようとしたが、寸でのところで堪えた。

「此処は、いくら破壊しようとも外界に影響の出ぬ結界なのであろう？」

「え……あの、ちょっと意味が……た、たしかに、湯築屋の結界はそうですけど……お客様方の神気は制限されております。ここで暴れるのは無理――」

「其処《そこ》に隠れた一柱ならば、なんとでもできよう」

たしかに、シロがいればお客様の神気は調整できる。そして、結界の外には力の影響は出ない。湯築屋も破壊されないはずだ。

神様が暴れるには充分な条件がそろっている。

「でも、わたし……お客様と戦えるほど神気が上手く使えなくてですね……」

九十九が使用できるのは、シロの髪を依《よ》り代《しろ》にした退魔の盾だけだ。天之御中主神《あめのみなかぬしのかみ》の力は、夢の中でしか使えない。とても神様の相手ができるとは思えなかった。いや、それらを差し引いても、人間ではとても太刀打ちできない。

「それでも」

しかし、シヴァは一歩、九十九と距離を詰める。九十九を示していた指先が、トンと突くように胸の真ん中に触れた。

「我は其方以外に適任はいないと確信している。我らでは、無意味なのだ」

シヴァの示す「我ら」とは、神様だろう。

人間である九十九だからこそ、意味がある。そう言っているのだ。

アグニの態度を思い出す。

覇気がないだけではない。九十九の存在が眼中になかった。まるで、その辺りの石ころのような……。

人間をよく思っていない。いや、蔑《さげす》んでいる。

そんな気がした。

だからこそ……と、シヴァは言っているのだと、九十九は今理解する。

神様の力は絶大だが、人々の信仰によって存在が揺らぐ。誰からも信仰されず、忘れ去られたら堕神となってしまう。これをよく思わない神様がいるのも、九十九は知っていた。

神は絶対で、人の上でなければならない。

対等などあり得ないのだ。

このような考え方の神様は多い。人が営む宿である湯築屋には、あまり来ないが……アグニも、このタイプなのだろう。

必ずしも、神様は人間に対して好意的ではないのだ。敵意や悪意はなくとも、認められていない。

シヴァの意図はわかった。

人間である九十九に、アグニの本気を出させたい。

要求は明確だ。

「………」

どうしよう。

できるだろうか。

九十九は不安になる。まず、アグニに対抗する手段が九十九にはない。神気の術なら、絶対に登季子や八雲《やくも》のほうが得意だ。九十九はあまりに未熟すぎる。

それでも――シヴァは、九十九を選んだ。

「わかりました」

ここは湯築屋だ。

神様が訪れる宿として、代々受け継がれてきた。九十九はその若女将である。

お客様のご要望には応えたい。

シヴァが九十九を選んでくれたなら、なんとかしたかった。

できるか、できないか。それは、やってみなければわからない。

やる前にあきらめるのは、九十九の性分ではなかった。

「おまかせください！」

九十九はできるだけ声を張って答える。

その返答を、シヴァは満足そうに聞いてくれた。

しかし、どうしたものか。

九十九は考えながら、湯船に顔の下半分を沈める。

お客様があまり入らない時間帯だ。誰もいない露天風呂で、九十九はシヴァの要望にどうやって応えればいいのか悩んでいた。

今の九十九は、はっきり言って弱すぎる。

アグニを本気にさせるどころか、挑んだところで相手にすらしてもらえないだろう。そもそも、眼中に入っていなかった。

夕餉《ゆうげ》の配膳のとき、それとなくアグニと会話してみたが、駄目だ。九十九の話など聞いていなかった。一番興味を示してくれたのは、伊佐木《いさき》の塩焼きである。いや、お料理を楽しんでもらえるのは本望だけれども。

このままでは、「勝負しましょう！」と言ったところで、聞こえぬふりをされそうだ。

安請け合いだろうか。

気持ちだけでは、どうにもならない……なんとか、九十九に興味を持ってもらわないと、駄目だ。

「うー……ん」

九十九は湯の中で背伸びした。

湯築屋には道後《どうご》温泉の湯を引いている。

温度は道後温泉本館とあわせて、熱めだ。少し湯船につかっているだけで、たくさん汗をかく。掌に湯をすくうと、ややとろみがあって肌当たりがいい。

道後温泉の湯には神気が宿っており、神様や妖《あやかし》を癒やしてくれるのだ。しかし、そればかりではなく、人間にもきちんと効能がある。神経痛やリウマチ、貧血、痛風などが改善されると言われていた。

九十九には、それらの疾患がないが、湯上がりは肌がしっとりとして気持ちがいいのだ。汗をかくので、さっぱりと爽やか。毛穴から老廃物が排出されているという実感があった。道後の湯は、「美肌の湯」としても親しまれている。

お風呂に入ると、心も身体もリフレッシュ。

しかし、残念ながら今は妙案がおりてこなかった。困ってしまう。そもそも、力の差を埋めるのは無理なのでは？

年末、大年神《おおとしのかみ》と羽子板勝負をしたときのように、別の分野にする必要があるかもしれないが……それは、果たして、シヴァの要望どおりなのか。そして、アグニは本気になるのか。

「つーちゃん」

名前を呼ばれた。

九十九は一旦、考えるのをやめて、浴場を見渡す。薄く立ち込めた湯気の中を、影がこちらへ歩いてくる。

「お母さん」

女将の登季子だった。

「どうだい、お客様のご様子は？」

登季子はそう問いながら、九十九の隣に来る。湯船に入る足がすらっと長くて、年齢をあまり感じさせない。自分の母親ながら、とても綺麗な人だ。素直に、このような大人になりたいと思ってしまう。

「うん、まあ……」

「むずかしい？」

今回は、はっきり言って困難だった。今までで一番むずかしい。

「かなり……どうすればいいのか、わかんなくて」

九十九は登季子の意見も仰ごうと経緯を説明した。シヴァからの要求や、アグニに対する印象、諸々。登季子はそれらを聞きながら、「あー、うん。たしかにねぇ？」と腕組みをしてしまう。

「なんか、一緒に来るって決まったときも、あまり乗り気じゃなかったというか、シヴァ様に流されるような？　そういう感じだったねぇ。しかしまあ、本気にさせろって……あたしじゃなくて、つーちゃんに？」

「そうなんだよね……」

「ちょっとだけジェラシー感じるよ」

登季子は軽く頬をふくらませてみせる。わざと、そのような仕草をしているとわかっているが、九十九は慌てて首を横にふった。

「たぶん、シヴァ様だってお母さんのことは、すごく認めてるよ！」

「当たり前じゃないか。誰が登山して営業したと思ってるんだい？　ほんと、大変だったんだからねぇ！　……ま、冗談さ。シヴァ様は脳筋でいらっしゃるけど、考えなしじゃない。だから、つーちゃんを選んだのも、実力を買われてるってことさ」

実力……。

たしかに、九十九は過去にシヴァの要望に応えた。しかし、それと今回とは別の話だ。アグニを本気にさせるような実力が、九十九にはない。

どうすれば……。

「お母さん、あの」

「今から特訓したって、神気の術は簡単に使いこなせないよ。ましてや、神様と戦うなんて無理なんじゃないかい？」

九十九が言おうとしたことを、先に封じられてしまった。そして、登季子の言葉は正論である。今から付け焼き刃で術を仕込んだところで、アグニには対抗できないのだ。そこは、あきらめるしかない。

「それよりも、つーちゃんらしい方法があると思うよ」

「わたしらしい？」

「そう。つーちゃんが得意なもの、考えてみな？」

九十九が得意なもの。

戦い方なんて、知らない。術だってたくさん使えなかった。それでも、九十九が湯築の巫女に選ばれたのは、単純に神気が強いからだ。九十九の神気は神を惹きつけ、妖も惑わす。「甘い」と評されることが多い。

接客も好きだ。得意と言ってもいいかもしれない。神様たちと接するのは純粋に楽しいし、やりがいがある。

「ほら。つーちゃんにしかないもの、持ってるでしょ？」

ほら、って……今回は、おもてなしでどうにかなる話ではない。さすがに、九十九だってお手上げだ。

九十九が首を傾げていると、登季子は「あーあ」と湯船を叩く。湯気のあがる水面がバシャリと乱れ、やがて波紋となる。

「インドの花火はすごいんだよ。爆竹もガンガン鳴らしてさ。祭りの日なんて、眠れやしない。きっと、神様たちも好きなんじゃないかい？」

登季子が唐突に、話題を変えた。

「花火……？」

夏と言えば、花火の季節だ。

道後温泉地区には花火大会はない。三津浜《みつはま》の花火大会があるので、それを遠目にながめる。

日本での花火は神を崇めるものではなく、先祖を供養する目的がある。しかし、日本ならではの花火を希望するお客様も多い。花火は夏の風物詩であり、文化としてしっかりと根づいているのだ。

宿泊するお客様や、道後温泉地区にいる神様たちのために、湯築屋では毎年花火大会を行っていた。と言っても、シロが空に幻影を打ち上げるのだが。

それでも、雰囲気を楽しもうと、神様たちが集まってくる。

予定では……明日だ。

「いっそ、爆竹たくさん買ってくる？」

「いや、それはさすがに……」

「派手に！　湯築屋には燃え移ったりしないんだからさ」

「いやいやいや、シヴァ様みたいなこと言わないで！　他のお客様だっているし？」

「案外、喜ぶかもしれないよ？　ツバキさんも来るだろうし」

「それはそうかもしれないけど……手持ち花火をたくさん買ってみようかな？　日本の神様も爆竹が好きかわからないし……」

「そういうもんかい？」

「そ、そうだと思うけど……？」

いくら湯築屋はシロが管理しているから燃えないと言っても、扱ったことがないものは危険だと思う。ここは、手持ち花火でいこう。たぶん……爆竹なんて使ったら、コマが小さくなって隠れてしまう。

「あのお客様も、いらっしゃるんじゃない？」

「あのって？」

笑って、登季子は九十九の肩に手を置いた。

湯築屋の（疑似）花火大会には、毎年、いろんなお客様が訪れる。顔ぶれは年によって違うが、固定客もいた。湯《ゆ》神社の大国主命《おおくにぬしのみこと》や、少彦名命《すくなびこなのみこと》。中嶋《なかじま》神社の田道間守《たぢまもり》に、圓満《えんまん》寺《じ》の――。

「え、お母さん。それって……」

「うん」

登季子の言いたかったことが、ようやく理解できた。途端に九十九は、表情を明るくする。

でも、上手くいくかな？

不安はある。

「大丈夫さ。あたしの娘なんだもん！」

登季子にそう言われると、すべて上手くいきそうな気がしてくる。

2

両手をあわせると、小さな光が生まれる。

神気がそこへ凝縮されるのがわかり、九十九は思わず唇を緩めた。上手くできたという達成感で、心が満たされていく。

「夢の外で術が使えないのは、あなたの神気が上手くあわさっていないからだよ」

月子《つきこ》は言いながら、九十九の手に、自分の手を重ねた。

「だから、使い方を覚えればいい」

九十九の手の中で、光は輝きを増した。九十九自身の神気が放つ光だ。

今日の夢でも、月子が修練に来てくれた。

夢で学ぶと言っても、毎日ではない。

やはり、この夢は神気を消耗する。睡眠をとっているはずなのに、まったく身体が休まらないのだ。それでも、道後の湯で神気を癒やすことができるので、こうやって夢を何度も見ていられるらしい。そうでなければ、もっと頻度を落とす必要があるらしい。

九十九は夢で月子に術を習っているが、現実の世界では使えなかった。その理由は、九十九が未熟だからだと思っていたが、どうやら単純ではないらしい。

九十九の場合、代々の巫女たちと違って、基礎の修行を積んでいなかった。学業を修めるまでは免除されているのだ。当初は高校卒業までだったが、登季子から「大学出てからでいいんじゃないの？」と提案され、今に至る。

ゆえに、九十九は最低限の護衛術しか扱えない。それも、シロの神気を依り代に込めて借りる退魔の盾だ。九十九自身による神気の使い方は登季子から学ぶ予定だが、まだそこに至っていない。

月子が教えるのは、天之御中主神の神気を使った術。シロとは、まったく性質が異なるが、似ている部分もある。

九十九が夢以外でも術を使う場合、自身の神気と上手く融合させねばならない。最近は、そのための修練が中心だ。

「すみません、月子さん……」

今やっているのは、本来、月子が教える事柄ではない。

従来の巫女であれば、とっくに習得している基本だった。自分の神気を一箇所に集め、形にするという、基本中の基本だ。

「いいのよ。そういう時代になったのだから」

修行の遅れは、学業との両立を考えてのことだ。ただでさえ、湯築の巫女は旅館の仕事もある。ダブルワークどころか、トリプルワークだ。

そういう時代になった。

月子は巫女の夢の中に存在する概念のようなものだ。彼女の思念が夢に住みついているに過ぎなかった。生きた人間でもなければ、神様や妖でもない。しかし、時代や九十九の在り方に理解を示してくれる。

不思議な存在だ。

まるで、彼女はまだ生きて、この場にいるような気になる。

「夢に……シロ様は、ここへ会いに来られないんですか?」

シロは、ずっと月子を想っていた。

曲げてはならない摂理を破り、命を救ってしまうほどに。湯築の巫女に月子の面影を求め、焦がれるほどに。

九十九が生まれるまで、ずっとだ。

夢でだって会えるなら、そうしたいはずである。

考えながら、九十九は胸の奥がズキリと痛む。

シロから、こんなに想ってもらえた月子がうらやましい。どうやったって、月子には勝てないような気がするのだ。

自分で言っておいて、なにを考えているのだろう。

「心配しなくていいよ」

九十九の不安が読まれていたようだ。

月子はさっぱりとした笑みで言った。

「あの子も、ここに私がいないのは理解しているから」

「あ……」

九十九は思わず次の言葉を失った。

目の前にいるのは、月子自身ではない。

神様は万物の本質を見据え、重視する。

九十九は、ここに月子がいるという錯覚をしてしまう。

しかし、実際には月子は存在しない。これは、いわば影だ。

シロのほうが、わかっているからこそ……ここは苦しい場所なのかもしれない。一時の慰めにすらならないのだ。

「月子さん」

聞いてみたいことがあった。

「なに？」

月子は可憐で儚《はかな》いが、凛として強《したた》かな。

そんな表情で首を傾げる。

「月子さんは……シロ様を、その……どう思っていますか？」

もっとよい聞き方はなかったのかと思う。九十九は自分の語彙《ごい》力を恥ずかしく感じながら、月子を見る。

だが、一番素直に聞けたはずだ。

「そうだなぁ、むずかしい」

九十九の問いを受け、月子は「うーん」と考え込む。

「あなたの期待するような答えが返せそうにない」

九十九は眉を寄せた。

「あの子は好きだよ。生まれてから、ずっと一緒に過ごしたもの。とても大切な存在……本当はいけないことだったけれど、シロが助けてくれたと知ったときは素直に嬉しかったの」

月子とシロの過去については、九十九も記憶をのぞき見ている。断片的であったが、神《しん》使《し》としてのシロと、月子の仲がよく伝わってきた。

「巫女になったのも、妻になったのも、私が仕える神を間違えないように。私はあの子を孤独にしたくなくて、宿を作った」

「仕える神……」

「決して、天之御中主神ではない。そこをわからせたかった」

月子の行為はすべて抵抗だった。

身勝手に振る舞った天之御中主神への。

シロによって救われた彼女の命は、天之御中主神に対する抵抗のため、捧げられたのだ。

「私は天之御中主神の力を使える存在になってしまった。でも、あの神の巫女ではないの。あれを受け入れることはできなかったから」

月子の口調は強い。

いつもとは違う空気に、九十九は縛りつけられるようだった。

「ただ、そのためだけの契約かと言われると、少し微妙。ここがたぶん、あなたの聞きたかった答えなんじゃないかな……私がシロを愛していたかどうか」

月子の声は淀みがなかった。

なんの躊躇《ためら》いもなく、九十九が直接言えなかった言葉を使う。

「でも、それを知ってどうするのかな?」

「え?」

逆に問われて、九十九は固まってしまった。

「私はあなたの敵には成り得ない。私には未来永劫、ずっとあの子を束縛する権利もないの。それなのに、知りたいのかな？」

知りたい。

でも、知ってどうする？

たしかにそうだった。

「私は過去の存在。過去にどんな人間が、どんな想いを持っていたとしても、今を生きているあなたにはまったく関係ない話だと思うけれど」

「…………」

「あの子は、ようやく自分に折り合いをつけられたの。あなたを見出したことで、私の影を追うのをやめた。私は、それがとても嬉しいよ。これは素直な気持ち——だから、あなたも私を追うのはやめなさいな」

やっぱり、月子さんには……敵わない。

九十九はそう確信するが、口には出さなかった。どうせ、この夢では月子に九十九の考えは筒抜けだ。

「ああ、そろそろ時間みたい。またね」

月子は軽く手をふって微笑んだ。

これは別れの合図だ。もうすぐ、九十九が目覚める。

まだ話していたいのに。

九十九の名残惜しさとは裏腹に、視界が少しずつ霞んでくる。

ぼんやりとするような、はっきりとするような意識の中で、九十九は頭をさげた。

「ありがとうございました」

結局、九十九の聞きたい答えは得られなかった。

それなのに……心は晴れている。

♨　♨　♨

薄らと瞼《まぶた》が開き、意識が戻っていく。

だんだんと視界が鮮明になると、そこは母屋の自室であった。

湯築屋の結界では、朝も夜も関係がない。太陽も月もなく、星の瞬《またた》きさえない藍色の空が広がっている。そのため、朝を示すものがなにもなかった。

それでも九十九が朝だとわかるのは、タイマー式で部屋の電気が点灯するからだ。

「んん……」

電気の光が目に染みた。

時計を確認すると、起床にはちょうどいい頃合いである。九十九は布団の中で、大きく伸びをした。こうやって、身体に「朝だよー、起きてー」と伝えるのだ。

「ん？」

あー……嫌な予感。

九十九は妙な気配を察知して、自分の隣を確認した。

布団が不自然に盛りあがっている。

「もう……」

身体を起こして布団を剥ぎ取ると、案の定、そこにはシロが横になっていた。

「九十九！」

シロは嬉しそうに尻尾をふりながら、布団をパンパン叩く。隣に寝ろと要求されているようだ。今、起きたばかりだというのに。

「また勝手に！」

「この前のように、儂《わし》はなにもしておらぬぞ。九十九が寝るのを横で堪能しておっただけだ」

「なにもしなきゃいいってわけじゃないんですけど!?」

「駄目なのか？」

「駄目です。勝手にこういうのされると嫌です」

「だって、許可をとろうとすると嫌がるではないか」

「嫌がると確信して、黙ってるヤツじゃないですか！」

呆れる。頭が痛い。

九十九は深く頭を抱え込みながら、大きなため息をついた。

「九十九ぉ」

そんな九十九の気なんて無視して、シロはばふっと覆い被さるようにうしろから抱きついてくる。なにも理解していない。

「だから……」

九十九はシロの腕をガシッとつかむ。両手で、身体を背負うように。片膝をたて、しっかりと畳の上で踏ん張った。

「九十九？」

「勝手にこういうのは、やめてくださいって言ってるんです！」

九十九は叫びながら、シロの身体を思いっきり投げた。

見事な背負い投げ。一本！

「とにかく！　なんでも！　とりあえず！　話してください！」

別に九十九だって、嫌なわけではないのだ。心の準備やら覚悟やら、諸々決めておかないと持たない。

うん、要相談というアレだ。

　それなのに、何度も何度も……。

「シロ様の馬鹿！」

　言葉選びが完全に小学生以下ではないか。そう自覚しながらも、九十九は短く言い放った。

　投げられ、罵《ののし》られたシロはびっくりした顔で九十九を見あげている。狐の耳がしゅんとさがってしまった。

　無邪気に悪戯《いたずら》をした子供が、怒られているような様子だ。神様だけど。

「すまぬ……」

　こんな表情をされると、こちらが悪い気がしてくる。それが計算ではなく、無意識なのでなおさらだ。

　九十九は居心地悪くなって、目をそらす。

「いや、その……事前に相談してくれたら、ちょっとは……対応しますから。この前みたいに……」

「接吻《くちづけ》！」

「要求ハードルが高いんですけど！」

　シロの即答に、九十九は即座に返した。

　調子にのらせてはいけない……が、シロは期待の眼差しで九十九を見ている。畳に正座し、背中で尻尾をブンブン揺らしていた。黙っていれば、あり得ないほどの美形なのに……子犬か子供の相手をしている気分だ。

たしかに、勝手にされるのは嫌だと言ったが……言ったけど……けどぉ……でも、これって相談っていうより、要求？　うーん？

「す、少し……なら……」

九十九はぎこちない仕草で、シロへと近づいた。今どき、ロボットのほうがよく動くかもしれない。

手を伸ばすだけで、どきどきする。

背負い投げは、あんなに自然にできたのに、こうやってシロに触れるのはとても緊張した。なんでだろう。

シロの肌は本当に白くて滑らかだ。毛穴が見当たらない。白い髪の一本一本は、まるで内側から光を発しているかのよう。やわらかだが、しなやかでもある。

九十九はシロの長い髪に、そっと触れた。

毛の一部を指ですくいとる。

「こ、これぐらいなら……」

言いながら、九十九はシロの髪に唇を落とす。シロが時折、九十九にする動作だ。お望みのキスとはほど遠いかもしれないが、九十九にはこれが限界である。こうしているだけでも、顔から火が噴きそうだった。

髪の毛なのに、なんだか温かい気がする。とてもさらさらで、いい匂い。意識するだけでドキドキした。

「…………」

上目遣いに、シロを確認する。

あ、嬉しそう……。

あいかわらず、シロの尻尾はブンブン揺れていた。それどころか、ベシンベシンと畳を叩いている。顔には、ニマリと意地悪な笑みが浮かんでいた。黙っていれば綺麗なのに……。

「九十九が乗り気で、儂は嬉しい」

「乗り気ってわけじゃ、ない……ですけど？」

九十九はシロから逃げるように、じりじりと距離をとった。駄目だ。完璧に対応を間違えた。構いすぎてしまったようだ。

シロは九十九の右手首をつかむ。

痛くはない。けれども、逃げられない引力のようなものを感じた。

「九十九」

そんなに強い力は入っていないのに、九十九の身体は呆気なく引き寄せられてしまう。

まるでパズルのピースがはまるように、シロの腕の中におさまった。

こんなのズルい。

せっかくの逃げる機会を棒にふった。

九十九は動けないまま、視線だけでシロを見あげる。シロは愛しげに目を細めながら、九十九の頭に顔を近づけていく。

なんだか怖くなってきて、九十九はぎゅっと目を閉じた。

「…………」

「…………」

すりすり。

そんな感覚が、額の辺り。

びくびくとしながら目を開くと、シロは九十九の額に頬ずりしていた。

「あの……」

「これくらいなら許容だと思ったが、駄目なのか？」

どうやら、九十九を気遣った結果？　こうなった？　らしい？

「いえ、駄目じゃないです……けど？」

どちらかというと、動物とのスキンシップだ。犬や猫に頬ずりされているような……くすぐったい。

考えてみれば、神様となる前のシロは神使だ。神の使いである狐として生まれた。こちらのほうが彼の本質なのかもしれない。夢で見た月子との接し方も、このような雰囲気だった。

途端に九十九の緊張が解けていく。おかしくなってきて、小さな笑いが噴き出してしまう。

「何故《なにゆえ》、そこで笑うのだ」

「いや、すみません」

堪えきれずに、くすくす笑っていた。なんでだろう。すごくおかしい。

シロは不服そうに、ムッとした表情を作るが、やがて「まあ……これもよかろうよ」と、息をつく。

「つーちゃーん！　ごはーん！」

しばらくすると、階段の下から大きな声が聞こえた。登季子が朝ごはんに呼んでいるようだ。

「行きましょうか」

「そうだな。どれ……今日の味噌汁に、松山あげが入っておるのか、たしかめてみるとしよう」

「お父さんは、いつも入れてくれてますよ」

「一昨日は入っていなかったのだ……」

「それは、シロ様が前日に、ストックも全部食べちゃったからです……お酒、たくさん飲んでたじゃないですか」

普通、松山あげをそのまま食べたりなどしない。シロの松山あげ消費ペースは異常なのだ。あと、お酒も飲みすぎである。シロの酒代のせいで、経費がかさむと、八雲も漏らしている。

神様なので、油分やアルコールの過剰摂取をしても、体型や健康に影響はないが……。

「つーちゃーん！」

「はーい！　今、行くよー！」

登季子が再び声をあげたので、九十九は急いで答える。

シロと顔を見あわせ、どちらともなく立ちあがった。

このあと、仲よく母屋の二階からおりてきた九十九とシロを見て、登季子からアレコレ詮索されるのだが……それは、また別の話である。

3

湯築屋の花火大会は夜に開催される。

打ち上げ花火はシロの幻影によるものだ。結界の空は、ずっと夕暮れのような澄んだ藍色が広がっており、昼夜の区別がない。

それでも、やはり夏の風物詩を感じるために開催するイベントだ。夜に行ってこそだろう。

「楽しみだね、九十九ちゃん」

「うん！　お客様、喜んでくれるといいなぁ……」

両手には、レジ袋いっぱいに詰め込まれた手持ち花火。

近くのスーパーまで、小夜子《さよこ》と二人で買いに行ったのだ。登季子の言うような爆竹はやめておいた。危ないし、そもそも、そんなにたくさんの爆竹なんてスーパーに売っていない。

「買いすぎちゃったかな？」

九十九は花火を見おろす。

あくまでも、メインは打ち上げ花火だ。手持ち花火は脇役なのに、つい買い込んでしまった。たくさん置いてあると、目移りするのだ。どんな花火なのか想像しながら買うと、楽しかった。

小夜子も同意してくれるのか、やや眉をさげた。

「私としては……ロケット花火が、もっとあればよかったなぁって……」

「ロケット花火？　え？」

思いもよらぬ言葉が出てきて、九十九は小夜子の顔を二度見する。だが、小夜子は「ちょっぴり残念」といった表情で息をついた。

「だって、湯築屋は火事にならないから……ロケット花火祭がやってみたくて」

「な、なにそれ……？」

「九十九ちゃん、知らないの？　外国のお祭りだよ。テレビで見たの。イースターに教会対抗で何万本もロケット花火を撃ち込むの」

そう説明されると、たしかに聞いたような。ギリシャのお祭りだ。ゼウスが話してくれたことがあった。

キリスト教の祭りだが、ついつい見物に行ってしまうらしい。何万本ものロケット花火を二つの教会同士が撃ち込むようで、本当に過激そのものだ。打ち上げ花火など、可愛すぎる。

これは九十九個人の感覚なのだが、日本神話といい、ギリシャ神話といい、多神教に属する神様たちは宗教の垣根についておおらかだ。おそらく、長い歴史の間に同一視されたり、要素を取り入れたりして信仰されているからだろう。

また、元々、神の一柱一柱が力と役割を持っている。ゆえに、別の宗教や文化に触れても、「そういうものだ」と受け入れやすいのかもしれない。そのような気質は、人々の心にも息づいている。

神様と人は隣人だ。

「小夜子ちゃん、なんかそういうの好きだよね……過激っていうか、アクティブっていうか……」

「そうかな？」

「そう思うよ。絶叫マシーンとか好きじゃない？」

「好きかも」

小夜子は鬼使いだが、特異体質のため、神気がほとんど使えない。そのせいで、湯築屋へ来た当初は自分に自信がなく、大人しかった。だが、湯築屋での仕事に慣れ、家族とも和解したあとは……結構活発的だ。大人しい性格には違いないが、楽しい催しが好きで、行動が大胆なときがあった。

しかし、小夜子の存在は湯築屋を変えるきっかけになっている。結界にお客様が入ると、鈴の音が聞こえるのも、彼女の提案だ。受験で根を詰めすぎた九十九のために、一肌脱いでくれたこともあった。

「あ……」

楽しく会話をしていると、あっという間に湯築屋が見えてくる。

伊佐爾波《いさにわ》神社へ続く、緩やかな坂道の途中、なんの変哲もない木造平屋の建物。外から見る湯築屋の姿は、結界の中とは大きく異なっている。

その門の前に、立つ影があった。

「あらぁ、おひさしぶりね。九十九ちゃん」

軽く手をふられて、九十九も笑い返した。

華やかな柄の浴衣が、遠くからでも目立つ。肩におろした髪は三つ編みなのに、光沢があって艶やかだ。

整った顔立ちと白い肌は美しいが、なによりも印象的なのは唇に引いた紅であった。魔性の色香がありながら、優しく見守るような笑顔を強調している。

「いらっしゃいませ、火除《ひよ》け地蔵様」

道後温泉本館からほど近い位置に、圓満寺というお寺がある。馬頭観音《ばとうかんのん》像を本尊としているのだが、仏堂には地蔵が鎮座していた。

湯の大地蔵尊と呼ばれる、大きな木造の地蔵だ。奈良《なら》時代の僧侶・行基《ぎょうき》が彫ったとされていた。

鮮やかな衣に身を包み、白く塗られた肌と美しい赤い唇を持つ。古くから火除け地蔵と親しまれており、その名から転じて、浮気防止や夫婦円満のご利益《りやく》があった。

湯築屋にも、ときどき顔を出してくれる常連客だ。湯築屋では昔ながらの「火除け地蔵」の名前で呼んでいた。

ちなみに、お地蔵様は各地で祀《まつ》られているが、性別の概念がない。火除け地蔵についても、本人は「性別なんてないわ」と述べていた。

ただ、見目はとても麗しいが、声は案外野太い。背が高く、肩も張っているので……たぶん、女性寄りの男性なのでは？　と、九十九は常々思っていた。だが、それを指摘すると、本人は怒るので、触れないに限る。

「あらぁ、手持ち花火ね？　やだ、今日は稲荷神《いなりのかみ》のショボい花火を見るだけのイベントじゃないのね？」

ショボいは余計ですね！　九十九は苦笑いで答えた。

幻影の花火なので本物ではないが、それ自体はとても豪華で美しいのだ。しかし……どうしても、リアリティに欠ける。いや、とてもリアルなのだが……幻は幻なのだ。美しすぎる。

音は鳴るが、空気が震える感覚や火薬の匂いはない。空に滞留する煙も、風もないのだ。花火のように見えるが、本質的に違うもの。

とくに、本質を重視する神様たちにとっては「ショボい」だろう。だが、それでも風物詩や文化を楽しむのが彼らでもあった。たとえ、どんなに後世で作られた新しいものであっても。

根本的に神様たちはお祭り好きなのだ。

にぎやかで楽しい場を好む。

「あの、火除け地蔵様」

「なにかしら、九十九ちゃん？」

湯築屋へ入ろうとする火除け地蔵を呼び止める。小夜子が一瞬だけ、心配そうな顔をした。九十九も不安になるが……ここは、もう引き下がれない。

「花火を見に来られたのに、こんなことを頼むのは申し訳ないと思うんですが……」

「そんな顔しながら言わないで。申し訳ないと思うくらいなら、最初から言っちゃダメよ……でも、必要なことなんでしょ？　昨日、遅くに連絡もらったときは、びっくりしちゃったけど」

火除け地蔵はそう言って、ウインクしてくれる。九十九を信頼してくれていると感じた。

おかげで、九十九も話しやすく感じた。

「はい……打ち合わせは中で――」

花火大会の楽しみは、なにも花火ばかりではない。

厨房ではお客様を満足させるための料理が作られている。

「うわぁ！　師匠っ！　とっても綺麗です！」

厨房の外まで聞こえる声で、コマが騒いでいた。中から、「お、おう！　そうか⁉」と、将崇の声もする。

まだ広間の準備が済んでいないが、九十九はつい厨房をのぞき見てしまう。思った通り、コマが尻尾をふりながら、将崇に拍手をしていた。

「なにかあったのー？」

突然入ってきた九十九を見て、将崇が料理の入った器を隠そうとする。

「あ、お、おま！」

大きな寿司桶のようだ。今日はみんなで取り分けて食べる宴会料理をおねがいしていた。

「師匠、なんで隠すんですか？」

「う、う、うるさいぞ！」

必死な様子の将崇に、コマが不思議そうに問う。

なにか不都合でもあっただろうか。もしかして、九十九は邪魔だった？

「恥ずかしがらなくていいんだよ、将崇君。とっても素敵な盛りつけだから、みんなに見てもらわなきゃ」

奥の流しで作業をしていた幸一《こういち》がふり返る。いつもながら、一緒にいるだけで心が和む笑みだ。

幸一に言われても、将崇は寿司桶を隠している。顔が真っ赤で、恥ずかしそうだ。

「将崇君が初めて一人で盛りつけたんだよ」

「え？　本当に？」

幸一の解説を聞いて、九十九は声を弾ませた。コマが足元で、「ウチの師匠は、なんでもできるんですっ！　すごいんですっ！」と、胸を張っている。

「見せてくれる？」

九十九は両手をあわせながら、将崇におねがいする。

どうせ、配膳時に確認するのだが……せっかくだから、ちゃんと見せてほしい。

将崇は九十九を見ないようにしていたが、やがて、ぎこちない動作で寿司桶を見せてくれた。

「わあ！　すごく綺麗で可愛い！」

褒め言葉が単調な気もするが、感動したときというのは往々にしてこんなものだ。と、九十九は割り切った。

手鞠《てまり》寿司だ。

サーモンやコハダ、マグロに鯛、ブリといったネタだけではない。きゅうりやイクラ、とびこなどを使って、花火の模様に飾りつけられていた。ちょこんと丸いお寿司が並んでいるだけで可愛いのに、彩りまで完璧だ。

「サーモンと鯛、ブリはみかん魚だよ」

幸一の補足に、九十九は目を輝かせた。

いわゆる、フルーツ魚の一種だ。養殖の魚の餌として、みかんを与えている。魚にみかんの味や甘みがあるわけではなく、サーモンやブリ特有の脂っこさや、しつこさが軽減されるのだ。魚の生臭さもあまりなく、後味にほんのりと柑橘《かんきつ》の香りがする。

とても上品で食べやすい養殖魚であった。

愛媛県は養殖にも力を入れており、天然物とは違った美味しさを楽しめる。魚は天然であればいいという概念は、古くなりつつあるのだ。

「つ、作ったのは俺じゃない……から」

将崇は顔を赤くしたまま、声をすぼめていく。

「手鞠寿司だもの。可愛く盛りつけられるセンスも大事だと思うよ」

幸一に褒められると、将崇は満更でもなさそうに唇を緩ませた。

ふと、九十九は別のいい匂いにも気づく。

「海の匂い？」

潮の香りがした。まるで、海辺に立った気分になる。

「御荘《みしょう》の岩牡蠣《いわがき》だよ」

そういえば、幸一は両手に軍手をはめている。流しを確認すると、殻付の岩牡蠣がたくさんあった。殻を剥いていたのだ。

この時期は、なんと言っても岩牡蠣である。

冬に食べる真牡蠣《まがき》と違い、夏が旬だ。冷水でシメて生で食べるのが一般的である。愛南《あいなん》町の御荘は、牡蠣の養殖が盛んだった。

牡蠣に関しては、天然よりも養殖のほうが豊富なプランクトンを得て身が大きく育つ。栄養も豊富だ。

「うわわ」

九十九の隣で、コマが両手で口を押さえた。尻尾が激しく左右にふれている。喜んだときのシロみたいだ。狐なので、その辺りが似ているのだろう。

「すみません……よ、よだれが垂れそうで……つい」

コマは恥ずかしそうにもじもじと顔を隠した。垂れていないので、言わなければ、よだれなんて誰も気がつかなかったのに。

「ちょっとつまみ食いしようか」

コマの様子を見た幸一が、殻を剥いた牡蠣をいくつか洗って冷水でシメてくれる。それぞれレンゲに盛り、軽くレモンをかけた。

「はい、どうぞ」

九十九とコマ、将崇の前に岩牡蠣が差し出される。

生の牡蠣はキラキラと宝石のように輝いていた。充分に大きくて、食べ応えがありそうだ。ここに旨味がぎゅっと詰まっていると思うと、期待が膨らむ。

「ウチ、牡蠣も大好きなんですっ！」

　コマはそう言いながら、遠慮なくパクリと一口で食べる。美味しかったのか、身悶えし、毛が一瞬逆立った。ぶるぶると身体を震わせながら、尻尾をふっている。とてもよい反応だ。

「ん……やる」

　あまりによい反応だったからか、将崇が自分の牡蠣をコマに差し出した。

「え、でも……師匠が食べてくださいよ」

「俺はいいんだ。で、弟子が喜ぶ顔も……悪くないからな！」

「それは嬉しいですけど、師匠の分が……」

　すっかり、師匠と弟子である。

「コマ。デザートはスイカだよ。従業員用にとってあるから、お腹を空かせておいたほうがいいかもね」

　牡蠣を受けとるか真剣に悩んでいたコマに、幸一が投げかける。瞬間、コマは「スイカ！」と跳びあがった。

　コマはスイカが一番大好きなのだ。

「また食べすぎて、動けなくなるといけないからね」

「わ、若女将っ。あのときは、すみませんでした……師匠。ウチ、スイカのために、ここは我慢します。どうぞ、牡蠣食べてくださいっ！」

去年、コマはスイカを食べすぎて動けなくなってしまったのだ。神様と違って、コマたち妖はお腹もいっぱいになるし、太る。動物と変わらないのだ。

それなら、と。将崇は牡蠣を自分で食べることにした。

「じゃあ、わたしも」

九十九も続いて食べる。

口の中に、爽やかな磯とレモンの香りが広がる。つるりと呑めてしまいそうだが、一口で食べるのは勿体ない。噛むたびにプルプルとクリーミーな牡蠣で、口の中がいっぱいになった。調味料はレモンだけなのに、濃い塩の味がする。まさしく、海！

コマ同様、たまらず身を震わせた。

岩牡蠣も真牡蠣と同じく、蒸したり揚げたりしてもいい。だが、やはり旬の食材。せっかくの岩牡蠣。この食べ方が一番だ。

「美味しい！」

これなら、きっとお客様たちも喜んでくれるはずだ。

「つーちゃんは、このあとがんばらなきゃいけないからね」

幸一は、ふと九十九の頭をなでてくれた。

優しい表情、けれども、どこか心配そうでもある。

当然だ。これから、九十九は神様と戦い――おもてなしをするのだ。

「大丈夫だよ、お父さん。シロ様だっているし、心配しないで」

どうするのか、従業員の面々には伝えてある。

ここはシロの結界だ。湯築屋や従業員が傷つくことはない。シロがそのように調整しているからだ。

そうとわかっていても、九十九だって不安である。

神気が使えず、見守るだけの幸一は余計にそう思っているだろう。

しかし、準備は万端だ。

あとは――。

4

ひゅー……………どんっ！

糸を引くような光を帯びて火の玉があがり、高い位置で大きく弾ける。藍色の空に大輪の花が咲いた。あとを追って、次々と別の花火があがっていく。まるで、空の生け花みたいだ。

雲も月もない、湯築屋の空に光る花火は美しくて。

キラキラと煌《きら》めく星くずが落ちてきそうだった。

煙の影は見えない。音が鳴ったあとの響くような空気の振動も、火薬の匂いも流れてこない。

ただただ綺麗で、ただただ綺麗で。

シロが創り出した夢のごとき幻だ。

花火だけではない。結界にあるものは、現実と区別がつかぬほど精巧だが、現実ではあり得ないほど美しかった。

九十九は空にあがった花火を見あげて、ぼんやりと動きを止めてしまうが、ほどなくして、お料理の片づけをしている最中なのだと思い出す。

岩牡蠣も、手鞠寿司も大好評だった。

シヴァなどは生の魚に難色を示していたが、食べてみると、すぐさまおかわりを要求する。生魚に馴染みがない外国の神様は多い。

「昨今はスシを出す店も増えてきたが、食す気にならねば、なかなか行かぬからな」

食器を片づけていると、シヴァが満足そうに話しかけてくれた。目の前に置いた大皿には、山盛りの柴漬けがある。彼のお気に入りだ。ぽりぽりとデザート代わりにつまみながら、花火見物に興じている。

シヴァ様が……柴漬け……いや、深く考えないようにしよう。

「とくにシヴァ様は普段、山ごもりしてるからねぇ！」

登季子が陽気に笑った。最初に、シヴァを営業で湯築屋へと連れてきたのは、海外営業担当の彼女である。

話を聞いたことがあるが、登季子の営業はときどき九十九の想像を絶する。

シヴァの場合、ヒマラヤ山脈にあるカイラス山の洞窟に住んでおり、普段は人間の領域に現れない。この山は聖地であり、日本人の登季子は入るのにも一苦労したという。

「崖を一人でのぼって、やっとこさ辿りついたと思ったら、眷属《けんぞく》さんと決闘させられてさぁ。大変だったのなんのって……」

「呵呵！　なにを。そのあとも威勢よく宿の売り込みをしておったではないか。あのような場所まで、いったいなんの用かと思えば……登季子でなければ、我は山をおりなかっただろうさ」

「あら、そりゃあ嬉しいねぇ。苦労した甲斐があったってもんですよ」

「なかなかどうして面白い母娘だ。でなければ、我の再来などあり得ぬ」

神様は人里から離れて暮らしていることも珍しくない。会うだけで苦労するケースも多いだろう。毎回、営業に成功するとも限らなかった。また、彼らは気まぐれだ。「行く」という約束を果たすのが数年後、十年後、百年後になる場合もあるだろう。

登季子は海外を飛び回り、普通では湯築屋へ来ないようなお客様を連れてくる。海外旅行などという生ぬるいものではないはずだ。

「つーちゃん」

登季子は器を片づける九十九に手を重ねる。

「こっちはまかせて」

広間の片づけは登季子がしてくれる。九十九は戸惑うが、今日のイベントは幻影の花火だけではないのだ。

登季子のうしろをとおりながら、仲居頭の碧も頭をさげた。

「ありがとう、お母さん。あとね」

「デザートにスイカも出すんだろう？　コウちゃんから聞いてるよ。小夜子ちゃんと、コマにも伝えておいで」

「うん、本当にありがとう」

登季子はほとんど湯築屋へ帰ってこないが、やはり、いてくれると心強い。

「あと、さっきからシロ様が不機嫌そうだよ。いってきますのキスでもしてあげな」

不意に登季子は九十九に、そんな耳打ちをした。

「え、え、えええ……！」

突然すぎて、九十九は顔を赤くしてしまう。もういい加減に、こういうのにも慣れたいと思うのだが……いろいろ面白がられている気がするし。

とにかく、ここは登季子と碧にまかせよう。

ちらりと、座敷を見回すと、シロと目があった。たしかに、登季子の言うとおり、少し不機嫌そうだ。

いってきますのキスなどしないが……一言、声はかけておくべきだろう。

「シロ様、それでは……よろしくおねがいします」

打ち合わせどおりに進むかは、九十九にかかっていた。だが、シロだって重要な役割を担っている。きちんと、おねがいしなければ。

けれども、シロはやはり不機嫌なままだ。ツンとした態度で、九十九から顔をそらしてしまった。

なにか理由がありそうだ。

「頼るなら、儂を頼ればよいのに……」

あー……そういう……九十九は苦笑いで返す。

「それは、すみません……でも、シロ様だと駄目なんです。今回はサポートだけ、頼みます」

「わかっておる。儂の機嫌は気にせずいってこい。そして、ただいまの接吻《キス》をするのだ」

「さりげなく、恥ずかしい要求しないでください!?」

なんだ、いつもの感じだ。心配して損した。

九十九はプイッとシロに背を向ける。なんか、「いってきますの接吻《キス》をしにきたのではなかったのか⁉」とか聞こえた気がしたが、無視だ。

庭では、小夜子とコマが手持ち花火をしていた。湯築屋は火事にならないが、きちんとバケツに水も用意している。

小夜子ちゃん。

九十九が合図すると、気づいた小夜子がうなずいた。

さて、がんばりますか。

「よし」

無駄に声を出して気合いを入れる。着物も手早く襷《たすき》掛けにした。

九十九は縁側に座ったアグニを確認する。

神様らしい覇気がなく、ぼんやりしている。

違う。

その印象は正しいが、正しくない。

アグニは自らを抑制している。そして、彼は人間という存在を蔑み――おそらく、認識しないようにしていた。

シヴァの話を聞いても、少しだけ引っかかったのだ。

アグニが人を見下しているのは、理解できる。だったら、どうして、彼は自分を抑制するのだろう。

これは完全に九十九の推測だ。

そして、シヴァの言わなかった「答え」なのだと思う。

アグニは人間を蔑んでなどいない。

認められないのではないか。

神様の力は絶対で、圧倒的だ。しかし、その存在は人間の信仰によって簡単に揺らいでしまう。アグニという神も、古代ほどの影響力がなくなっている。

人間と神様は支配関係ではないと、九十九は信じていた……そして、もしかすると、アグニもそれは理解しているのではないか。

だが、認められないのだ。

ゆえに、あえて人を認識しようとしない。自らを抑制し、神としての衰えを隠そうとしている。

九十九はようやく、シヴァが要望した理由を理解できた。

だから、応えよう。

お客様のために。

「アグニ様」

声をかけるが、アグニは九十九を見なかった。気づいていないのではない。視界に入れないようにしている。

だったら、こちらをふり向かせればいい。

「花火はお好きですか」

「…………」

答えないアグニの前に、九十九は手持ち花火を差し出した。アグニはこちらをまったく見なかったが、九十九は構わず花火を突き出す。そこまですると、アグニは渋々といった様子で花火を受けとった。

「わたしと……いえ、わたしは、アグニ様の火なんて怖くありません」

九十九は途中で言葉を言い換える。

できるだけ強く聞こえるように、拳をにぎりしめた。

庭中に九十九の声が響く。そのころには、花火で遊んでいた小夜子とコマが、湯築屋の中へと入っていた。避難したのだ。

座敷から、シヴァが様子をうかがっていた。登季子やシロも、他のお客様も見てくれている。

みんな九十九を見ていた。

アグニだけ、こちらを見ない。

足りないのだ。

九十九は大きく息を吸った。

「アグニ様の火を、わたしが消してみせます」

瞬間、その場が静まり返った。

アグニは火の神だ。自然界の火だけではなく、身体や心の火も内包する。あらゆる火の神だった。

彼が生まれるとき、その熱い炎をまとい、両親を食い殺したとも言われている。日本神話の火之迦具土神《ひのかぐつちのかみ》にも、似たエピソードがあった。世界の神話には、同じようなものも多い。

そんな火神に……九十九は、火を消すと言ってのけたのだ。

「…………」

ようやく、アグニがこちらを見た。

これまでとは違う。射貫くような視線だ。立っているだけで空気に押しつぶされそう。

一瞬、心臓が止まった気がする。

だが、見た。

アグニは、九十九を見た。

「今年は見ない顔がいるわねぇ？」

ふわっと、風が吹いた。

途端に張りつめた空気は、少しだけ緩和される。硬直した九十九の肩に、手がのせられた。

声は太めだが、艶のある女性的な口調。隣を確認すると、真っ赤で情熱的な唇が優美に弧を描いていた。

火除け地蔵だ。

九十九に触れた手が存外大きくて頼もしい——が、それだけではない。

肩の辺りに、すぅっと冷たい感覚がある。

体温が少しずつ少しずつ、流れ出るみたいに消えていく気がした。寒気はしない。体温のように感じられるものは、体温ではないのだから。

神気だ。

九十九の神気が、火除け地蔵に流れている。

「ねえ、火神さん」

火除け地蔵は九十九の前に出て、縁側に腰かけたままのアグニを見おろした。

「火をつけてくれないかしら？　燻《くすぶ》ってるんでしょう？」

火除け地蔵は、手招きしながら挑発する。身体からは、九十九から吸いとった神気が濃く漏れ出ていた。

「消してあげるから」

火除け地蔵はさらに挑発的な態度でアグニに呼びかけている。

「アグニ様……お相手します」

九十九は、両手をあわせた。

大丈夫だ。やれる。自分に言い聞かせながら、掌に意識を集中した。すると、真っ白な光が手と手の間に集まりはじめる。

九十九の神気が凝縮され、結晶が生成されていた。輝きを放つダイヤモンドのような、どこまでも澄み切ったクリスタルのような。

夢で月子と修練した。自分の神気を集める方法だ。天之御中主神と融合させた術は使えないが、これは神気の基本の使い方である。九十九は、なんとか習得した。

身体がやや怠《だる》くなるが、まだ大丈夫だ。

「ほお」

アグニがようやく声を漏らした。

九十九の神気に興味を惹かれたらしい。

「――よかろう」

アグニはうつむき、眼鏡を指で押しあげた。

そして、手に持っていた花火の筒を折る。中から火薬の粉がサラサラと流れ出て、アグニの両手にこぼれた。

ほどなくして、バチバチと火花があがる。筒の外に出た火薬に、火がついたのだ。火元は、アグニだ。

アグニが立ちあがった。

「火除け地蔵様、おねがいします」

「まかせて」

九十九は神気の結晶を火除け地蔵に渡す。

相手は神様だ。そして、九十九はあまりに無力だった。対抗できるはずがない。それは、九十九が登季子ほどの実力者であっても、同じ話だ。

しかし、九十九には強みがある。

湯築家で一番強く、神々も魅了する神気と……今まで、湯築屋で築き上げてきた神様たちとの信頼関係だ。これは誰にも負けない。

九十九の神気を使って、お客様と一緒に戦う。

これが九十九のできる、いや、九十九にしかできない人間の戦い方だった。

「そぉれ」

火除け地蔵が人差し指を立てる。その瞬間、アグニがつけた火薬の火が消えた。まるで、風に吹き消されたかのように、呆気ない。

火が消され、アグニは露骨に表情をゆがめた。

「なるほど」

アグニが再び両手を強くふると、空中に火薬が舞った。彼を囲むように火花が散り、星をまとっているようだ。

なんて綺麗なんだろう。

普通の花火とは違う。

シロの幻影とも違う。

神々しくて、美しくて、目映《まばゆ》い火の煌めきだった。

「ふうん」

火除け地蔵は興味深そうに微笑んだ。すると、瞬く間にアグニを囲っていた火薬の火花が消えてしまう。

「もっと、やれるんでしょ？」

おいでおいで。と、火除け地蔵が手招きする。

アグニは不服そうに口を曲げていたが、やがて、片手で眼鏡のフレームをつまみ、投げ捨てるように外した。

「たかが、人間と地蔵風情が」

それまでと明らかに空気が変わった。

アグニから感じる神気の濃度が高くなる。

今まで、ほとんど見えなかった感情がはっきりわかるようになった。好戦的で威圧的、九十九たちを小さな虫のような目で見てくる。びりびりとした緊張感に、なにもできないまま萎縮してしまいそうだ。

抑制されていたものが、一気に解き放たれた。

これぞ神様。湯築屋を訪れるお客様たち特有の雰囲気である。圧倒され、押しつぶされるような感覚だった。

無条件に平伏しそうになる。

しかし、九十九だって湯築屋の若女将だ。数々の神様と話し、ふれあってきた。いくつもの経験を積んでいる。

神様と対峙するのは慣れていた。

「汝など――汝らなど……斯様《かよう》な神気で調子にのるな！」

今度はアグニの足元から、火薬もないのに火の手があがる。焚き火のような火は、やがて大きな炎の渦となっていく。

インド神話におけるアグニの地位は最高神インドラに匹敵するものであった。時代がくだるにつれて影響力を失い、今に至る神だ。

されど、そのような衰退など微塵も感じられない。

苛烈にして強力な、古代から信仰され続ける神の一柱である。

「お客様！」

九十九はアグニに聞こえるよう、声を張りあげた。

「ここなら……湯築屋なら、燃えません！　お庭も再生します！　どれだけ力を出したって、結界は壊れません！」

湯築屋の結界では、シロが絶対の存在だ。結界内では、どのような神も力を制限され、無力となる……一方で、調整もできるのだ。

現に、シロの結界においても、アグニは力を発現していた。これは、シロがアグニの神気を制限していないからだ。火除け地蔵も然り。

「思いっきり、いきましょう！」

九十九は力いっぱい叫びながら、自分の神気を集めて結晶にする。座敷で柴漬けを食べていたシヴァが、興味深そうに縁側へ出てきていた。

「ならば――」

アグニの周囲を熱風が包んだ。風と炎が混じるように渦巻いている。庭に放置されていた手持ち花火が舞いあがり、分解され、キラキラと煌めく火花となっていた。

火花はやがて集まり、鳥の形となる。

火の鳥……不死鳥……ガルーダ……長い尾と大きな翼を持った鳥は、たしかに花火であった。なのに、生命のある生き物にも感じる。

神々しくてまぶしい。九十九は思わず、火の鳥を見あげたまま立ち尽くしていた。

「ぼんやりしない。それちょうだい」

九十九の手から、火除け地蔵が結晶を奪うように受けとる。そうだ。ぼうっとなどしていられない。

火除け地蔵が手をふるのにあわせて、九十九が作った結晶の形が変わる。光を放ちながら縦に伸び、刀へと変化してしまう。

振り払った刃の風圧と、火の鳥がぶつかりあった。

「う……」

火の鳥が羽ばたいた瞬間、九十九は激しい熱風にあおられる。鬼灯《ほおずき》柄の着物が風でめくれあがり、身体も一緒に飛ばされそうだ。洋服と違って、着物は袖の分、空気抵抗が大きい。

「稲荷の巫女が伏して願い奉る　闇を照らし、邪を退ける退魔の盾よ　我が主上の命にて、我に力を与え給え！」

うしろ向きに飛ばされそうになった九十九の身体を、包み込むように退魔の盾が現れる。固い壁ではなく、やわらかいクッションのように形成した。近ごろは、形を自在に操れる。

「大丈夫かしら」

火除け地蔵が九十九を気遣ってくれた。

しかし、アグニを相手する火除け地蔵に、九十九をかばう余裕などないはずだ。

「平気です！　わたしのことは、大丈夫ですから！」

「そう！　じゃあ、気にしないわ！」

九十九は自分で自分の身を守るべきである。

ここは湯築屋だ。結界によって、従業員は守られる。いざとなれば、シロが助けてくれるだろう。

だが、今は駄目だ。

アグニに九十九を認めてもらわなければならなかった。自分で戦えなくとも、火除け地蔵に神気を供給し、サポートしているのは九十九なのだ。ここでシロの助けを借りるわけにはいかない。

アグニと戦うのはシロでもよかったのではないか——それは、駄目だった。

シロでは、必ず九十九を助けてしまう。九十九の神気も必要としない。そして、結界はシロの制御下にある。本気を出させなければならないアグニの相手としては、不適切だった。

シロは拗《す》ねていたが……理解はしてくれている。本当に危なくなったら手助けするという約束で、今回は見守っていた。

「火神のお兄さん、男前ね」

火除け地蔵はすまし顔で笑っている。唇を彩る紅が弧を描き、挑発的だ。

アグニが手をふると、あわせて火の鳥が火除け地蔵へ向かって飛ぶ。その羽ばたきはすさまじく、目も開けていられない突風が発生する。

「酷い誘い文句だ」

「あら、でものってくれるのね。嬉しい♪」

「黙れ」

結界でなければ、家屋が吹き飛んで更地だ。庭の草木も残らないだろう。今まで、九十九はあまり神様の力を間近で感じる機会はなかった……あるにはあったが、本当にレアケースなのだ。

それは普段から、九十九がシロや結界に守られている証拠である。

「ほんと、激しいんだから」

火の鳥は、再びまっすぐに火除け地蔵へ迫っていく。

だが、こんなに神々しくて力強い鳥も、火除け地蔵の前では綺麗に散って消えてしまう。消滅。姿も、熱風もなにもかもなくなっていた。散り際の火の粉が蛍のように舞い、幻想的だ。

火除け地蔵。

圓満寺のお堂に安置されている地蔵菩薩。

道後温泉地区が大きな火災に見舞われず、長い歴史を歩んでこられたのは、この火除け地蔵のおかげであるとされていた。火を除け、災害から守ってくれる。その信仰は現在まで語り継がれているのだ。

火の神には、火除けを。

九十九が火除け地蔵に頼むことにした理由だった。

本来の火除け地蔵に、アグニのような神と渡りあえる力はない。せいぜい、火事の火を消す程度だ。九十九の神気を得なければ、この戦いは成り立っていない。

「う、ぅ……」

目眩《めまい》がして、身体のバランスが崩れる。

庭は一面、火の海だった。草木が燃え、焼け野原である。そんな中でも、湯築屋だけは無傷なので不思議な光景だ。みんな、座敷から九十九たちを見守っていた。

そろそろ、退魔の盾の維持が厳しくなってくるが、これがなければ炎や風をまともに受けてしまうだろう。

踏ん張らなければ。まだアグニは出し尽くしていない。ここで終われば、不完全燃焼である。

でも、視界がだんだん霞んできた。

立っているのもやっとで、身体を守るために出した退魔の盾が少しずつ崩れていく。

「九十九！」

シロの声が聞こえる。

なにを叫んでいるのだろう。

「まだ……やれます」

無意識だった。

意図せず漏れた決意だが、本心でもある。

まだやれる気がするのだ。

目を閉じると、身体の奥のほうから力がわいてくるのを感じる。

神気だ。

九十九に、まだこんなに力が残っていたのかと、自分でも不思議であった。まるで、別の倉庫の扉が開いたような。糸を手繰り寄せるみたいに、九十九は奥底に眠った神気を呼び覚ます。

こっちへ、おいで――。

神気は光となって凝縮され、やがて結晶に変じた。

「九十九ちゃん？」

火除け地蔵が顔をしかめている。困惑しているのだろうか。

しかし、九十九も必死だ。余計なことなど考えられなかった。

「使ってください……！」

火除け地蔵は、九十九が生成した結晶を受けとった。

「……わかったわ」

この状況でできあがった結晶は、水のように澄んでいた。角度によっては虹色にも見える銀の光が神秘的だ。なんとも表現がむずかしいが、強い神気を放つ結晶である。

今までで、一番綺麗にできたと自分を褒めたかった。

「ここまで出し尽くすのは、いつぶりか」

大きな炎が踊り、アグニの身体が宙に浮く。

いつの間にか、アグニのシャツが消し飛び、伝承どおりの赤い肌を晒《さら》していた。炎は巨大な山羊《やぎ》へと形を変える。山羊は火除け地蔵を踏みつぶそうと足をあげるが、その炎もまた、呆気なく火の粉となって霧散した。

次いで庭には、無数の火の車輪が現れていた。アグニはそれらを躊躇《ちゅうちょ》なく火除け地蔵に向けて投げつけた。

九十九の結晶から作った刀を使用して、火除け地蔵が車輪を斬る。炎の車輪は火の粉となり、消し尽くされた。

やっぱり、綺麗だなぁ。

ぼんやりしてはいけないとわかっているが、九十九は意識の端で考えてしまう。

シロの作る幻影の火ではない。本物の火が舞い、散っていく。

強く、美しく、猛々しく、しかし、儚くて。

これが神様の力かと、嬉しくなった。

「あ――」

あれ。

なにが起きているのか、わからなかった。

気がついたときには、九十九の両膝は地面についている。身体の奥底からわいてきていた力は、もう感じられなかった。

これ……わたし、もう出し切っちゃった……？

「礼を言おう。人の子よ」

座り込んだ九十九のうしろに回り込んでいたのは、アグニだった。九十九の肩を支えて、倒れないように受け止めている。意識がすぐになくなりそうだ。眠くて仕方がない。神気をこんなに使ったのは初めてなので、加減がわからなかった。

「もうよい」

視線をあげると、しっかりアグニと目があった。

ようやく、彼の顔をきちんと見られた気がする。そして、九十九を見るアグニは、心持ち穏やかに思えた。

装っているわけではない。

九十九に向きあってくれたのだと確信した。

「くれてやろう。其方なら、持ちこたえよう」

眠りに落ちそうな九十九の前に、アグニは人差し指を出す。

指先には、ろうそくのような赤い火がついていた。アグニが指先に息を吹きかけると、小さな火は九十九の口へと誘《いざな》われるように入っていく。

熱くない。人肌のような温もりが、身体の中へと。

「あれ……？」

眠気が消えていく。身体が動かせないほど重かったが、次第に軽くなる。ぐったりとしてどうしようもなかった倦怠感も、すっかりとなくなった。

神気をわけてもらったようだ。

アグニは体内の火も司る。人に、みなぎる力をもたらす効果もあるようだ。本来、神様から人間へ神気をわけることはできない。依り代などを介して、力を貸し与えるだけだ。

アグニの火の特性は、特殊なのだろう。

「やはりか……」

元気になった九十九を見おろして、アグニがむずかしい表情を作った。

九十九には、その意味がわからない。ただ、お礼は言ったほうがいいだろう。

「ありがとうございます」

「それは、私の言葉だ。盗るな」

アグニは眼鏡をかけなおしながら、素っ気なく答えた。眼鏡は最初に捨てて、燃えてしまったような気がしたが……予備かな。

「斯様な神気と勇気。時代が違えば勇者か英雄となれただろうに。奉仕者《巫女》におさまるなど、勿体ない」

とても褒められている。アグニの言はひねくれているものの、火消し合戦の前に比べると饒舌《じょうぜつ》であった。自らを抑制せず、九十九にも対等に接していると感じる。

「わたしなんて……ただ神気が強いくらいで、なにも……」

「い、い、い、いあのような芸当を披露しておいて、か？　自覚がないのか。恐ろしい」

「え？」

妙な言い回しをされた気がした。

アグニは神妙な面持ちだ。

「あれは、神を――」

「九十九ぉぉぉおお！」

唐突の、シロだ。

九十九の横から泣きつくようにタックルされたせいで、アグニの言葉が最後まで聞き取れなかった。走って迫っているのに、気づくのが遅れたのが原因だ。九十九はそのまま、情けなく倒れ込んでしまった。

「九十九、大事ないか？　大丈夫か？」

「な、なんとか大丈夫でしたが、今倒れたので痛いです。あと、シロ様重いです」

「すまぬ！」

シロは潔く謝りながら、九十九を抱き起こしてくれた。なんだか、勢いがすごい。かなり心配されているようで、頻《しき》りに、怪我がないか身体を確認される。

「あまり無茶をするな」

シロは言いながら、九十九の肩を引き寄せた。不意のできごとで怯《ひる》んだ九十九の頭に、自分の頭をコツンとつける。

「後悔しそうになったぞ」

そんな大げさな。と、言いかけたが……実際、神気が尽きて倒れてしまった。アグニがすぐに神気をわけてくれたからよかったものの、いい状態ではなかっただろう。

九十九の神気は強いが、神様ほどではない。あそこまで張り合えたのが奇跡だった。本当は、数回、本気の炎を受け止めたらそこで終わる予定だったのだ。それが、期せずして、いいのか悪いのか大健闘してしまった。

「だが、よい花火大会であった」

シロは九十九の頭をなでながら、微笑んでくれた。

「花火大会……シロ様、あれ花火大会だったんですかね？」

九十九は若干苦笑いになってしまいながら、一連の火消し合戦を思い出した。あれを花火と呼ぶのは苦しい……いや、綺麗だし迫力もあったのだけど。あったけどー？

「花火だと思えば、花火であろう」

「そんな適当な……」

「花火なぞ直接見たこともないからな。要は美しく見える火であろう？　それらしければよいのだ」

あ……と、九十九は開きかけた口を閉じた。

日本の花火が現在の形になったのは、ここ数百年の話だ。当然、湯築屋から出ないシロは本物を知らない。

シロは傀儡《くぐつ》や使い魔をとおして、花火の知識を得たにすぎないのだ。最近はテレビや写真でも。

要は美しい火。

シロがとらえる花火の本質は、これなのだ。それ以上でも、それ以下でもない。だから、どう考えても花火には見えない庭の大炎上も、シロにとっては、さほど変わらないのである。

「なんか、すみません……」

「何故、謝るのだ」

やはり、シロは九十九とは目線が違うのだと思う。同じものを見ているようで、まったく別のものを見ている。

「儂は九十九がいれば、それでよいのだ。それが花火であろうとなかろうと、愛する妻が一緒ならば美しい。今回は、妻が花火を消していたが」

シロは当然のように言う。

九十九がポカンと口を開けているので、シロもだんだんと眉間にしわを作っていった。

「儂はそう思っておったが……違うのか？」

九十九は呆然とシロを見あげるばかりだ。

「……違いません」

九十九は無意識のうちに、そう答えてしまう。とくになにか考えがあるわけではないが、とても腑に落ちる。

シロがそう言うならば、きっとそうだ。

「――――」

「――――」

ふと、うしろから気配が……誰かがヒソヒソ話す声だと気づいて、九十九はギョッとしてふり返った。

「あ、いいんだよ。つーちゃん。ごゆっくり」

「私たちのことは気にしなくていいよ、九十九ちゃん！」

登季子と小夜子が、九十九たちから少しだけ距離をとってニヤニヤしていた。その段になって、九十九はシロが自分の肩を抱いたままだと気がつく。

「こ、こ、ここここれは！」

九十九は慌ててシロから離れながら、二人の前で両手をふった。

なにか誤解されている……ううん、誤解じゃないけど！　いやいや、これは、誤解……誤解なのかな？

「気にしなくていいのに」

「そうだよ、九十九ちゃん。思いっきり、どうぞ！」

「気にするよ！」

なにをどうやって、気にするなと言うのだ。

完璧に冷やかされている気がする……いや、冷やかしだ。ギャラリーの前で平気な九十九ではない。

「そうか。では、九十九。儂が連れて行くから母屋へ戻るか」

「だから、そういうのが……！」

さきほどまで、神様と火消し合戦をしていたとは思えない。和気あいあいとした雰囲気になっていく。

シロの乱入に、当初アグニは仏頂面をしていたが、次第に表情がやわらいでいた。笑われているような気もするが……このほうが、きっと、本来のアグニなのだろう。リラックスしてもらえていると解釈しよう。

「呵呵！　にぎやかよのう！」

なにが面白いのか、シヴァが縁側にあぐらをかいたまま、膝を打って笑っている。柴漬けを食べるのもそこそこに、嬉しげな表情でこちらをながめていた。

「久方ぶりに、アグニのあのような姿を見た」

シヴァは満足げだった。その顔に、九十九も安心する。

「湯築屋はご要望に、応えることができましたか？」

問うと、シヴァは「おう」と短く返答する。

アグニを満足させるのはもちろんのことだが……今回は、シヴァの依頼だ。彼にとっても、納得がいく結果となって嬉しい。

「我も交ざりたかったくらいだぞ」

「いや、さすがに二柱のお相手は……ちょっと……？」

シヴァも好戦的な性格である。昨年、湯築屋を訪れたときは、まずシロとの決闘を望んだほどだ。結局、それは叶わないので、野球拳おどりをしていただいたのだが。

「冗談だ。我はこれでも食しておくさ」

シヴァは快活に笑って、柴漬けを口に放る。

本当に柴漬け好きだなぁ……シロ様の松山あげみたい。

「おみやげもご用意しますね」

「そうしてくれ」

神様にだって、お気に入りがある。また来るときは、もっとたくさん用意しておこう。

今回、登季子の連絡がなかったので、将崇が近くへ買いに走ったらしい。おつかれさまである。

「そのときは、あたしも呼んでよね」

火除け地蔵が疲れた様子で首を鳴らしている。巻き込む形になって申し訳ないと思っていたが、存外、こちらも満足げだった。

とりあえず……。

よかった。

安心した途端、九十九は思い出したように疲れを感じた。

5

翌朝のこと。

「世話になった」

九十九が朝餉の膳をさげに行くと、アグニが短く告げる。

来館時は、九十九を眼中に入れようとしなかったので、こうやって会話すると新鮮に思えた。

「また来てくださいね」

昨夜の花火（？）大会では、思いっきり庭を燃やしていたアグニだが、今は穏やかさもあった。だが、自らを抑制しているわけでもない。神様らしさがある。印象としては、中間くらいだと感じた。一番接しやすい。もしかすると、九十九にあわせてくれているのかもしれない。

ちなみに、あれだけ派手にやったが、庭の被害は一切ない。一夜明けると元通りであった。もちろん、湯築屋にも傷一つなく、いつもの朝だ。

「嗚呼、また来るさ」

アグニの返答は軽快であった。

「神話の時代とは、もう違う。それは理解していたさ……如何《いかん》せん、簡単には認められぬ。神が要らぬと言うなら、それはそれでよかろうよ。だがな。それならば、人の強さを示さぬことには、私も納得がいかぬ」

神話の時代とは、もう違う。

神様と人が、もっと親密だった時代がある。神々が今よりも人から畏れられ、信仰が強かった時代だ。

そして、神様も人を愛し、関わり、大きな影響を与えていた。

現代よりも、彼らの垣根が低く、境目があいまいだったのかもしれない。

九十九はまっさきに月子のことを思い出してしまう。

そういう時代と、現代は違う。

移りゆく時代と変化に、神様たちも戸惑っている。とくに古い神様はそうなのかもしれない。

「アグニ様は……人を好きでいてくださっていたのですね」

最初、九十九はアグニを誤解していた。人間を見下し、神が絶対であると信じている。そういう神様だと思っていた。

しかし、違う。

信仰され、影響を与えてきたからこそ、人が心配なのだ。自分の手を離れた人々が強くあれるか不安だった。

弱きを認めぬわけではない。強きを示さなければ、安心して見ていられないのだ。子離れできない親のような——と言えば、怒られてしまうかもしれない。

それがゆがんだ形で表れていただけだった。

「斯様に愛《う》い存在を、他に知らぬだけだ。愚かしく、浅ましいが、其れは我ら《神々》とて同様だろうよ」

神様の口から聞けて、こんなに嬉しい言葉があるだろうか。

湯築屋として、九十九はずっと彼らと関わっている。様々な考え方の神様がいるのも知っていた。

そんな九十九にとって、これは最高の賛辞だと思う。

「ありがとうございます」

深々と頭をさげながら、九十九はお客様の再訪をねがった。

堕神となってしまう神様は、急速に増えている。憂う神様も多い。

だが、それでも……人を見捨てず、愛してくれるのはありがたいことだ。

湯築屋がその役に立てたなら、とても喜ばしい。

昼間のうちに、アグニやシヴァは湯築屋を去る。

登季子もゆっくりと間を置かずに、また営業へ行ってしまった。飛び回るほうが性にあっているらしく、元気に「次はイラク行きのチケットとったんだよ！」とのこと。

メソポタミア神話の神々が目当てだとすぐにわかったが……いくらなんでも、アクティブすぎる。

そんなこんなで、一段落。

九十九は「ふぅ」と、背伸びをする。とてつもなかった気がするが……なんだか、楽しかったなぁ。

しみじみと、九十九は縁側に腰をおろした。足をぶらんぶらんと揺らしながら、藍色の空を見あげる。

「シロ様」

いますよね？　と当然のように呼びかけてみた。

「嗚呼」

ごく自然な返答がある。

ほどなくして、隣にシロが座る気配を感じた。九十九が見ると、やはりそこにはシロがいる。

「珍しいではないか」

「別に、シロ様を呼ぶのは珍しくないと思いますけど……？」

「否、用事もなく呼ばれるのは珍しい」

用事もなく……そういえば、九十九はどうしてシロの名を呼んでみたのだろう。たいてい、九十九がシロを呼ぶのは、なにか頼みごとや、話があるときだ。

一緒にいてほしかったんです。

そんな言葉が泡のように浮かんできて、恥ずかしくなってくる。

「用事もないのに呼んじゃ駄目なんですか。まるで、わたしがシロ様を顎《あご》で使っているみたいじゃないですか」

苦し紛れに意地を張ってみるが、しっくりこない。

あーあ、もっと素直になりたいのに。

「顎で使うときしか呼ばれぬものだと思っておった」

「……あながち、間違いでもない気がしてきました」

「そうであろう？」

「そうですね……」

「だから、九十九が儂とイチャイチャするために呼んでくれたのは嬉しい」

「どうして、そっちへ持っていこうとするんですか！」

油断も隙もない。また過剰なスキンシップを求めてくる気だ。

「ちょっと一緒にいたかっただけです……」

あ、言っちゃった。

九十九は心中で「やらかした……」と自覚しつつ、なぜだか再び口を開いてしまっていた。

「座ってお話ししてるだけじゃ駄目ですか？」

なにをしたいわけでもない。ただ一緒にいたいだけ。

それはシロにとって不満だろうか？

「ふむ……」

シロは顎に手を当て、考える素振りをする。しかし、身体のうしろでは狐の尻尾がベシベシと縁側を叩いていた。

わ、わかりやすいなぁ……。

「九十九がそう言うなら、儂もそれでよいぞ」

「あ、ありがとうございます……」

表情はクールっぽいのに、尻尾が嬉しそうに反応している。頭の上にのった耳も、ピクピクと動いた。うん、わかりやすい。

シロの尻尾が左右に揺れるたび、手持ち無沙汰な九十九の手に当たる。もふもふとした毛並みが非常に気持ちいい。九十九は思わず、白い尻尾をなでてしまった。

もふもふでもあるが、毛の一本一本が長くて滑らかな手触りだ。小さいころは、ここに頬ずりしたり、昼寝をしたりしていた。

シロもそのころを思い出しているのか、優しい表情で九十九の頭をなでる。子供に対するそれだ。だが、悪い気はしない。

ずっと、こんな時間が続けばいいのに。

いつまでも、こうやって、ただのんびり過ごしていたい。

シロ様と一緒に。

『欲しいか？』

なにを？

九十九は唐突に投げられた問いの意味がわからず、改めてシロを見あげた。今度はなにを要求するつもりだろう。キスは断固拒否の予定だ。もっと……お手柔らかにおねがいしたい。

「？」

おかしい。

「…………！」

理由はすぐにわかった。

シロ様じゃない！

紫水晶の瞳が、こちらを見ていた。絹のような白い髪は、深い墨の色に。背中で揺れていたはずの尻尾は消え、真っ白な翼が確認できる。

「天之御中主神様」

その名を呼ぶと――天之御中主神は薄ら笑う。

ようやく、話ができる。

九十九は息を呑み、背筋を伸ばした。だが、心がまったく準備できていない。緊張で心臓の音が耳元まで聞こえ、背中に汗が伝った。

大丈夫だ。

神様との対話は慣れている。

おちつけ、九十九。

『悠久《ゆうきゅう》のときが欲しいか』

九十九は眉を寄せる。

「悠久……永遠？」

天之御中主神の問いがわからない――いや、わかる。どうして、それを投げかけるのかも、九十九は理解してしまった。

『そうだ』

九十九の思考など読まれている。天之御中主神は、すぐさま肯定を唱えた。

九十九が永遠を手に入れれば、シロとずっと一緒にいられる……世の終焉《おわり》まで生きるシロを孤独にせずに済むのだ。

『我《わし》の巫女となれば』

天之御中主神は九十九に選択を迫っている。

シロや月子にしたのと同じように。

九十九の手が震えていた。寒くもないのに、伝染するように全身が震えはじめる。

あれ、おかしいな……神様と話すのは、得意なのに。

『与えてやろう』

九十九には、月子のような気丈さなんてない。

天之御中主神の問いに、ただただ竦《すく》んで震える。

「それって……」

でも、なにか言わなきゃ。震えてるだけじゃ駄目だ。

九十九は天之御中主神との対話を望んでいた。やっと機会が巡ってきたのだから、ここで黙っているわけにはいかない。

唇が上手く動かなかった。

天之御中主神の巫女となり、永遠を手に入れる――それは、九十九に人をやめろと迫る選択だ。

九十九の思考を見通して、天之御中主神は唇に弧を描く。シロとはまったく違う表情だ。

まったくの別神《べつじん》。まったく異質。

愉しんでる。

九十九が畏れる様子を見て愉しんでいるようだ。

怖い。

九十九は耐えられず、下を向いてしまう。全身の震えがおさえられなくなっていた。どうしようもなくて、ただ小さくなるしかない。

そんな九十九の手に、別の手が触れる。

「…………！」

九十九はとっさに、その手を払いのけていた。

「九十九？」

けれども、すぐに気づいた。

琥珀《こはく》色の瞳が、九十九を心配そうにのぞき込んでいる。肩から絹束のような白い髪がこぼれた。

シロだ。

「あ……」

シロは、なにが起こったのか理解していないようだった。シロと天之御中主神が入れ替わるとき、シロにはその自覚や記憶がないことがある。以前にも似た場面に遭遇した。

「九十九、大丈夫か？」

また機会を逃してしまった。せっかく、天之御中主神と対面したのに、九十九はなにも言うことができなかったのだ。

後悔があとから押し寄せる。

けれども、それ以上に天之御中主神の問いが頭に残っていた。

あの問いは……。

「大丈夫です……すみません、疲れてるみたいです」

九十九は弱々しく笑いながら立ちあがる。

シロには気づかれたくない。

そう感じてしまった。

新・歴史と歩む街並

1

アプリで見た天気予報は晴れときどきくもり。

気温は……暑い。三十三度だ。

湯築屋の外と中では気候が違う。誤ってしまうと、ちょっとばかり、いや、かなり悲惨な目に遭うのだ。服装には気をつけなければ。

「ん……」

長い髪をポニーテールに一まとめ。フリルのシュシュで飾ると、一段お洒落度が高くなった気がする。デニムのスカートも、白い刺繍つきを選んでみた。膝丈で清楚、だと思う。たぶん。

アイシーブルーのタンクトップの上から、ゆったりとしたレース編みのカーディガンを羽織った。

鏡で姿を確認して、九十九《つくも》は一応納得する。

大学生になってから、私服の傾向を変えてみた。ミニが中心だったスカートの丈は長めに変更し、ふわふわしたシルエットを多用している。化粧もはじめた。

大学へ通っていて思うのだが、周りがすごく大人びて見えるのだ。垢抜けている。浮いてしまわないような服選びが大変だった。

どうしても、春の間は背伸びしている感覚があったが、夏になると少し慣れてくる。コツをつかんで、化粧も時間がかからなくなった。

「九・十・九」

支度をして玄関へ向かっていると、弾んだ声で名を呼ばれる。案の定、いつの間にか現れたシロだった。慣れた。

「大学は休みなのではないのか？　今日は日曜日であろう？」

「そうですよ」

「どこかへ行くのか？　もしかして、儂《わし》とのデートか？」

「そんな約束してませんよね？」

「約束はなくとも、夫婦であろう」

「シロ様、変な方向にポジティブですよね」

「褒めてくれるな」

九十九はさらりとシロを受け流しながら、玄関でスニーカーを履いた。

大学へ行きはじめた当初は、パンプスなども試したが……あまり馴染まなかったので、履きこなすのはあきらめてしまった。すぐに脱げるのだ。パンプス用の靴下も布の面積が異様に狭くて、中で丸まりやすい。秋になればブーツが履けるし、まあいっか。

京ではないが、割り切りも肝心だ。

「まあ……デートと言えばデートですけど」

「本当か？　本当か？　儂もおめかし――」

「シロ様とのデートじゃないですよ」

九十九はスニーカーに踵をトントンと入れながら、にっこり笑った。

「え」

シロは口を半開きにして、文字通り固まっている。石の彫刻のようだ。

「それでは、いってきまーす」

九十九は元気よく言いながら踵《きびす》を返し、玄関を出ていく。うなじでくるんとポニーテールが跳ねた。

うしろで、「九十九ぉぉおお！」と情けない声とともに、床をダンッと踏みならす音が聞こえたが、無視だ無視。

2

とまあ……あんな感じで湯築屋《ゆづきや》を出てきたわけだが。

道後温泉《どうごおんせん》駅の前で、九十九はスマホの時間を確認する。

うーん、電車一本分、早くついた気が……だが、すぐに路面電車から特徴的な服装の人物がおりてきて、顔を明るくした。

黒いTシャツに、黒いジーンズ。ダメージ加工が多用され、チェーンが揺れている。スタッズがたくさんついたベルトやブレスレットがキラキラと光っていた。

「燈火《とうか》ちゃん！」

九十九に声をかけられて、燈火はビクリと肩を震わせた。けれども、すぐに燈火は恥ずかしそうに目をそらしながら、「どうも」と頭をさげる。

「早かったね」

「キミもね……」

「うん、デートが嬉しくて早く来ちゃった」

「デートって……女同士だし」

「二人っきりだから、デートでいいんだよー。なにして遊ぶ？　どこか行きたいところある？」

テンションにズレがあるが、いつものことだ。そろそろ燈火とのつきあいにも慣れてきた九十九である。表情から、なんとなく「嫌がってはいない」と判断できるため、九十九は燈火の手を引いて歩いた。

燈火は松山《まつやま》市近郊に住んでいるが、あまり道後温泉地区には遊びに来ないらしい。テレビなどによく映る、道後温泉本館くらいしかわからないと言っていた。

そこで、九十九が「それ、もったいないよ」と、デートを持ちかけたのだ。

「別に、地元だし……そんなに面白くないいんじゃないかな」

「そんなことないって。地元だから、楽しく遊べるんだよ」

「だって、温泉だよね……」

「温泉だよ。交通費があんまりかからない観光地なんて、お得じゃないかな？」

「そう……だね。でも、地味だし」

「温泉は美容にもいいんだよ。燈火ちゃん、お化粧とか好きだし興味ない？」

「……肌荒れに効く？」

「道後温泉は美肌の湯だよ。お肌の角質がとれて、つるつるになるの。道後の湯から作られてる化粧水も売ってるんだからね。女性の一人旅ランキングで、一位になったこともあるんです」

そう説明すると、燈火はやや真剣な面持ちになる。どうやら、刺さったようだ。

「温泉につかると、汗をかくでしょ。デトックス効果もあるんじゃないかな」

「でも……道後の湯は熱いって……ボク、ぬるいお湯で半身浴が好きなんだけど……」

「じゃあ、足湯もいいんじゃないかな？　ハシゴも楽しいよ？」

「足湯……でも、ハシゴするお金なんて……」

「無料で入れる足湯がいっぱいあるんです。安く楽しく遊び回れるので、わたしとしてはオススメのコースなんですよ」

九十九は胸を張ってみる。だんだん口調が接客モードに入ってきた。なんだか、スイッチが入ってノッてきた、という感覚。

強引さは、ちょっぴり小夜子《さよこ》を見習ってみた。なにせ、燈火は押さなければ響かない性分だ。振り回すくらいでなければ。

「観光地遊びは高い。そういう認識だと思いますけど、賢く遊べばコストパフォーマンスがいいのです。デートに誘ったからには、今日はわたしがきっちりエスコートするのでついてきてください」

「う、うん……なんで敬語？」

「なんとなく」

調子にのりすぎかな。しかし、燈火はすっかりその気になっているように見えた。足どりがやや軽い。彼女はあまり自分の主張を口にしないが、慣れてしまえば意思を察するのは簡単だ。

「今日は『地元ならではリーズナブルな観光コース』をご案内しますね。お客様、まずはこちらへどうぞ！」

完璧にお客様をご案内する気分だった。けれども、そのほうが九十九もやりやすい。

まずは、道後温泉街のアーケードへ入る。

通称、ハイカラ通りだ。たくさんの観光客が歩いており、にぎわっているのが一目でわかる。

この道に沿って歩けば、道後温泉本館につく。そのため、ここを進む観光客が一番多いだろう。

「やあ、稲荷《いなり》の妻」

声をかけてきたのは、黒い猫——おタマ様だった。この地に長く住む猫又だ。いつも、道後を見守っている。

「こんにちは、おタマ様。今日はお友達とデートなんです」

九十九はカジュアルに笑い、おタマ様へあいさつする。

隣では、燈火が目をパシパシ瞬《またた》かせていた。

「おや、そちらは……吾輩の言葉がわかる子かね？」

燈火には神気がある。常人には見えないものが見え、聞こえないものが聞こえるのだ。

おタマ様の声は、普通の人間には「みゃあ」としか聞こえていない。

「………」

燈火は目をそらし、口を噤《つぐ》んで、おタマ様に返事をしないようにしていた。

彼女の周りには、神気や妖《あやかし》などに対する知識を与えてくれる人間がいない。ずっと独りで、これらの怪異を「見えないもの」として過ごしてきたのだという。それは、なんの防衛策のない燈火が、自然と身につけた知恵であった。

九十九のように、小さいころから神気の使い方を教わり、妖や神様と接してきた人間とは違うのだ。

「燈火ちゃん、おタマ様は悪いことはしないよ」

九十九は燈火を安心させたくて、笑いかける。おタマ様もなんとなく事情を理解してくれたようで、チョンと前足をそろえて燈火を見あげた。

「吾輩は猫又である。名前は便宜上、タマという。が、人間からはクロとも呼ばれている……こうあいさつすると、ウケがよいと思ったのだが……どうかね？」

おタマ様にしては気さくだった。気まぐれで人間に構わないことも多いが、燈火については気にかけてくれるらしい。

「あ……どうも……」

燈火は迷いながら、小さく頭をさげた。

「種田《たねだ》燈火ちゃんって言います。ちょっと恥ずかしがり屋さんなので、どんどん話しかけてあげてください」

「ふむ……そのようだね。では、よろしくたのむよ。恥ずかしがり屋の友人」

おタマ様はそう言いながら、前足を伸ばしてあくびをした。

いつもの気まぐれである。急に興味を失ったように、どこかへ歩いて行ってしまった。

だが、たぶん燈火のことは覚えただろう。また見かけたら、声をかけるに違いない。

「なんか、普通……だったね」

「妖はみんなそうだよ。本当に悪い妖は、そんなにいないんじゃないかな？」

「そ、そう？　よく消しゴム盗まれたり、おやつ食べられたりしたけど……」

「人に見られるのが珍しいからだよ。燈火ちゃんに構ってほしかったんじゃないかな。もちろん、怖い妖もいるから、注意はしなきゃいけないんだけど……おタマ様は、なにもしないよ」

「……湯築さん、本当にいろいろ知ってるんだね……」

「なんの、なんの。これから、もっといろいろ教えてあげるからね」

最初、九十九は燈火に湯築屋で働かないか持ちかけたのだ。

だが、すでにライブハウスでアルバイトをしていたため、呆気なく断られてしまった。

九十九としては、神気の知識も身につくので妙案だと思ったのだが……でも、燈火がやりたい仕事をするのが一番だ。

「この辺りには、ほかにもいるの？　妖？」

「妖だと、うーん……おタマ様以外だと、近くの神社の神様とか。うちの旅館のお客様が歩いてることがあるかな。そういう意味では、多いかもね？」

九十九は神様や妖の密度について、今まで気にしなかった。

京都など、たくさん神社やお寺のある土地のほうが、たくさん歩いているのかもしれない。そういえば、中学の修学旅行で関西へ行ったときは、向こうでもお客様によく会ったものだ。旅行をしているはずなのに、まるで家にいる気分になり複雑だった。

「燈火ちゃん、とりあえず歩こう」

「う、うん」

九十九はアーケードに沿った道順を燈火と進む。

さすがに、温泉街の観光地。様々な土産物店や飲食店が並んでいる。燈火は辺りをキョロキョロと見回しながら、九十九について歩いていた。

「………」

「どうしたの？」

燈火が口を半開きにしたままだったので、九十九は首を傾げる。

「うん……思ったより、お洒落だった」

それは素直な感想だ。道後温泉地区が「こんな風だとは思ってもいなかった」と、率直に伝わってきた。

道後温泉は日本最古に数えられる温泉だ。観光地であり、全国的にも名前のとおりがいい。

けれども、案外……地元の人は行かない。

道後温泉地区に、なにがあるのか知らない人も多いだろう。

近ければ近いほど、特別なものだと思わないのだ。

これはもったいないのではないか。

ハイカラ通りのアーケードは綺麗に装飾されており、今はちょうど夏模様だった。お店も、昔ながらの土産物店だけではなく、今治《いまばり》タオルを扱ったお洒落な専門店や、女性が好みそうな喫茶店、菓子店、雑貨店も並んでいる。

色とりどりの店や商品が目に入って、それぞれに魅力を主張していた。

「気になるのある?」

「ど、どうだろう……なんか、思ってたのと全然違ってて……もっと古くさくて、渋い感じだとばかり……キミのオススメはある?」

「町家風のお洒落カフェ、レトロでノスタルジックな喫茶店、お手軽に飲めるみかんジュース、アツアツのじゃこ天、新しくできた濃厚プリン……」

「多いよ。そんなに食べられないからね、ボク」

「そうだね、たしかに。また来てちょっとずつ制覇すればいいよ」

何気なく笑うと、燈火は目を丸くした。

「また大学以外で会ってくれるの？」

「もちろん！　旅館があるから、あんまり急には出かけられないけど。スケジュールをあわせれば、いつだっていいよ」

「うん、こっちもバイトあるし」

「で、なにがいい？　どこでも案内するよ」

「急に話戻したね。プリンが気になるかも……好き」

燈火はやや唇を緩めながら、プリンを希望した。九十九は「まかせて！」と、大きくうなずく。そして、迷いなく先をスイスイと行く。

この辺りは庭のようなものだ。お客様にも、よく案内している。

以前、ゼウス夫妻に足湯とじゃこカツをご案内したのを思い出す。あのときは、放生《ほうじょう》園《えん》の足湯を堪能した。今でも、満足そうなゼウスとヘラの顔が浮かぶ。

燈火にも、喜んでもらいたい……。

お店には、すぐついた。

ハイカラ通りに面しているので、見落とすことはあまりない。

「できたばっかりのお店なんだけど、美味しいんだよ」

看板には、メニューがずらり。木目と煉瓦を意識した店は、レトロでお洒落だ。奥には、イートインや購入したプリンを撮影するスポットもある。いわゆる、インスタ映えが狙えた。こういうのは、ツバキさんが好きそうである。

プリンのショーウィンドウを、燈火が真剣に見つめていた。声に出さないが、目がキラキラと輝いている。

「迷っちゃうよね」

九十九が声をかけると、燈火はうなずいた。同じことを考えていたらしい。

「うーん……」

「…………」

九十九も迷ってしまう。どれも美味しいのは知っているのだが……強いて言えば。

「これください」

「これ……」

燈火と二人同時に、同じプリンを指さしていた。

瓶詰めされているのは、もちろんプリンだ。しかし、黄色の上には、丸々としたみかんの断面と爽やかな色合いのゼリーが見える。

上半分がみかんゼリーで、下半分がプリンという趣だ。

見目が可愛く、燈火も惹かれたのだろう。もちろん、味も美味しい。

九十九は燈火と顔を見あわせて笑う。燈火も、ちょっとぎこちなく笑顔を返してくれた。

買ったプリンを、イートインのカウンターで並んで食べる。木製のスプーンが可愛くて、なんとなくプレミアム感があった。

「いただきまーす」

「いただきます」

燈火は早速、スプーンでプリンをすくう。

「…………！」

そして、一口食べた瞬間、目を瞬かせる。

彼女は無口なせいか、あまり感動を口にしない。代わりに、嬉しかったり楽しかったりすると、わかりやすく表情に出た。

「美味しい？」

「うん」

九十九もプリンの蓋を開け、中にスプーンを差し入れる。

ゼリーにつかったみかんをすくいあげた。小振りのみかんの断面は写真映えすると同時に、非常に食欲をそそる。

九十九はそのままみかんをパクリと、一口で食べた。

爽やかなゼリーと、みかんの甘み。口の中が果実のジューシーさで満たされた。

一方で、下層のプリンは、まるでカスタードクリームのように濃厚だ。滑らかで、甘みがとろける。

一見、相反しているように思えるが、ゼリーとプリンはベストマッチしていた。プリンの濃厚さを、清涼感のあるゼリーが中和している。

これは新感覚で美味しい。

「気に入った？」

九十九の問いに、燈火はコクコクとうなずいてくれた。

「道後にも、こういうのあったんだ……意外」

「聞き捨てならないなぁ」

「ごめん……」

でも、燈火の言い分もわかるのだ。

九十九には当たり前になっているが、実はこういう反応は珍しくない。小夜子が湯築屋へ来はじめたころも、近いことを言っていた。

昔ながらの観光地、しかも、温泉街。若い女性には、あまりピンとこないようだ。燈火は直接言及するのは避けているが、「ちょっと古くさそう」とか「行っても楽しくない」というイメージが付随してしまう。

地元の人間だと、なおさら。

九十九も、燈火以外の友人に、「道後って、なにが面白いの？」と、聞かれたことがある。一度や二度ではない。

女性の一人旅ランキングに選ばれるほどの観光地なのに。

実際に歩くと、本当にいい町なのだ。観光スポットはこぢんまりとコンパクトにまとまっていて、一日や二日で回りやすい。公共交通機関でのアクセスはいいが、松山市の中心部からはほどよく外れていて騒音が少ない。

伝統も受け継がれているが、新しいものもたくさんある。お店だってそうだが、施設なども様々な試みをして、楽しませてくれるのだ。

観光客の大部分は、県外や海外からのお客様である。だが、県内の人々にも、もっともっと魅力が伝わってほしい。

「足湯だけでも、いろいろあるんだよ。歩いて足ツボを刺激したり」

「歩く足湯？」

「あと、喫茶メニューが注文できるところもあるよ。自分で作ったゆで卵が食べられたり！」

「足湯しながら食べていいんだ……？」

「楽しいでしょ？　あと、基本的にお湯が熱いからね。冷たい道後サイダーとか、みかんジュース飲みながらつかると、長い時間おしゃべりしても逆上《のぼ》せないいんだよ」

「それは美味しそうかも……」

「それから、そうだなぁ。新しいところだと、空の散歩道とか！　本館を見おろしながら足湯ができるんだよ！」

「見おろすって、なにそれ。松山って平野じゃないの？　どこから……？」

「道後は山や坂もあるんだよ。行く？」

燈火は興味津々な様子で「うん」と、うなずく。どんどん興味を示してくれるようになった。

そうと決まれば、話は早い。

九十九たちは再びハイカラ通りを歩き、道後温泉本館へ向かう。

「でも……本館って、改装工事中なんだよね……？」

道すがら、燈火が思い出したようにつぶやいた。

燈火の言うとおりだ。

道後温泉本館は長い改装工事期間に入っている。温泉は利用できるが、営業を縮小しており、従来のように、休憩室でお茶をいただけなくなっていた。

老朽化が進んでいるため、この工事は必要なものだ。道後温泉本館は観光地であると同時に、国の重要文化財。建物の保存は極めて重要だ。

「大丈夫」

燈火は怪訝《けげん》そうにしていたが、九十九があまりに自信たっぷりだったせいか、文句を言わずについてきてくれる。

ハイカラ通りのアーケードを抜けてすぐの場所に、道後温泉本館が見えた。

道後温泉自体の起源は古代に遡《さかのぼ》るが、建物は明治時代の大改修によって今の姿になっている。三階建ての近代和風建築は、レトロで独特な趣があった。

目の前に見えているのは正面玄関だ。今は改修工事中なので使用されていない。利用者は北側の入り口へ回ることになっている。

「火の鳥……？」

燈火は本館を見あげて口をポカンと開けていた。

改修工事中の道後温泉本館を彩るのは、有名アニメーション作品とのコラボ展示である。玄関には鮮やかな暖簾《のれん》がかかっていた。季節ごとに色が変わるので、その都度で印象が違ってくる。さらに、建物を大きなラッピングアートが覆っていた。

「本館の改修工事はね……見せる工事なんだよ」

工事は避けられない。

では、「見せる工事」をしよう。

これが本館工事の基本方針だった。

案外、地元の人間でも知らなかったりする。

九十九は得意げに燈火を導く。この段になると、燈火はなにも異を唱えずについてきてくれた。すっかり九十九の案内を信用している。

二人は本館の南側にそびえる冠山《かんむりやま》を歩いてのぼった。小高い丘のような山だ。頂上には、本館に一番近い駐車場がある。そして、道後温泉を見守るように、湯《ゆ》神社と、中嶋《なかじま》神社が並んでいるのだ。

「こんなところ、知らなかった」

冠山をのぼる坂道は、少々傾斜がきつい。燈火は息を切らしながらつぶやく。

上までのぼると、湯神社の境内と駐車場が広がっている。そして、空の散歩道と書かれた案内板に沿って歩けば——道後温泉本館、さらに、温泉地区を見渡せた。

「なるほど……」

文字通り、本館を見おろす景色に燈火が笑顔を作ってくれた。

ここからなら、本館を覆ったラッピングアートの全容もわかる。歴史絵巻をテーマにしており、再生の象徴である火の鳥が上部を飾っているのだ。

空の散歩道には、休憩用のベンチのほかに、新しい足湯施設が設置されていた。もちろん、これも「見せる工事」の一環である。

足湯を楽しみながら、変わりゆく道後温泉の歴史を見守ることができるのだ。歴史とともに歩む温泉街の象徴的な施設かもしれない。

九十九と燈火は、並んで足湯につかる。

「何回目かわからないけど……思ってたのと違う」

本当に、何度目だろう。燈火の言葉に九十九も笑った。

「何度言ってもらってもいいよ。それくらい、燈火ちゃんが感激してくれたってことだよね？」

「うん、まあ」

話していると、足湯の温かさがじんわりと身体に行き渡る。血行がよくなって、身体全体がぽかぽかしてきた。しかし、夏は暑いのでショルダーバッグに入れていた炭酸水を適宜飲む。水分補給は大事だ。

「あのさ」

と、燈火。

ぽつりと呼びかけられる。

「キミは……怖くなかったの？」

「なにが？」

「変なものいっぱい見えて……」

そう、燈火はうつむいてしまった。

「変なものではないからね」

「ごめん、言い方間違えた……」

「しょうがないよ」

「ボクは怖かった」

つぶやきながら、燈火は湯につけた足を揺らす。

湯の上を滑るように、波紋が広がった。

「見えてるものが、じゃなくて……みんなには見えないものが見えてる、ボクが」

「燈火ちゃん」

「誰からも理解されなくて、怖くなったんだ……でも、平気なふりをしなきゃいけない。本当は平気じゃないのに」

燈火はずっと「普通であろう」とした。

「そのうち、誰からも理解されなくたって、いいって考えるようになった」

本心は、そうじゃないのに。

「他人と関わらなきゃ、ボクが変だってバレない。ボクだって、自分を怖がらなくて済むから」

本当はすごく怖くて、すごく寂しい。

燈火の境遇は九十九とはリンクしない。九十九と燈火は明らかに違う環境で育ち、違う人生を歩んできている。

「わたしは最初から、燈火ちゃんの言う普通じゃないから」

九十九はずっと神様や妖に囲まれて育った。

生まれたときから、神様との婚姻を結んでいる。巫女として、妻として。そして、湯築屋の若女将《わかおかみ》として生活してきたのだ。

どう考えたって普通ではない。自分でも、よくここまで盛ったと思う。イレギュラーの特盛りである。

「わたしが……わかるって言っちゃうと、なんか薄っぺらい気がするんだよね」

九十九の気持ちは、燈火に理解できないだろう。逆もむずかしい。

だから、こう聞き返してみる。

「わたしは燈火ちゃん怖くないよ。燈火ちゃんは、わたしが怖い？」

燈火は九十九の顔を見て、口を噤んでしまった。

そのまま沈黙が続く。

足湯の流れる音と、ときどき聞こえる車の音。

ただそれだけだった。

「……怖くない」

やがて、重い口を開いた燈火が声をしぼり出す。答えを合図に、九十九はとびっきり明るく笑い返した。

「じゃあ、大丈夫だね」

なんでもないことのように、言ってみる。

燈火はしばらく固まって動かなかったが、ようやく、眉を寄せながらうなずいた。どういう顔をすればいいのか、わからないようだ。

九十九は湯から足を引き抜いた。水滴は、持参したタオルで拭う。

「燈火ちゃん、次行こう」

「え、次……？」

「道後の新しいところ、いっぱい見せてあげるから。次々回らないと、時間足りないよ」

「そ、そんなに回るの？」

「もちろん！」

九十九は燈火にもタオルを渡す。靴を履きながら、「カフェ休憩はレトロがいい？　優雅にお茶会がいい？」とも、聞いてみる。

町家風でレトロな可愛いカフェがいいだろうか。それとも、イングリッシュガーデンをながめながら、三段のトラディショナル・アフタヌーンティーと洒落込もうか。どちらも、大学生のお財布に優しい値段帯だ。

「あ、その前にインスタ映えスポットに行こうっか！」

「湯築さん、オススメ多すぎ……」

「いいところがたくさんあるんだから、しょうがないね！」

九十九がカラリと言ってのけるので、燈火は困った表情になる。だが、あきらめたのか、足を拭いて靴を履く。

「しょうがないな……おねがいするよ」

燈火はようやく、今日一番の笑顔を見せてくれた。

3

道後温泉本館の南側。

冠山をおりてすぐの道を進むと、趣がガラリと変わる。

車が二台ぎりぎり離合できるほどの道幅のせいか、先ほどまでより閉塞感があった。そこまで狭くはないはずなのに……まるで、秘密の小径に迷い込んだ感覚だ。

道沿いには駐車場や民家が目立ってくる。古い石垣の上に建つ家々や、浸食する蔦《つた》。一歩踏み込むだけで、ノスタルジックな世界へと誘《いざな》われた。

観光地として整備されたハイカラ通りとは、また違った情緒がある。

その空気を燈火も感じてくれているようで、またキョロキョロと辺りを見回していた。ちょっと嬉しくなってくる。

「ほら、ここ」

「圓満寺《えんまんじ》……?」

九十九が示した先に、燈火が顔をしかめる。

「小さい……」

実に正直な感想を述べられて、九十九は苦笑いした。

たしかに、観光スポットのお寺としては、小さいかもしれない。民家などの間に、ひっそりとたたずんでいるのだ。奥に本堂があり、手前にお堂が建っている、こぢんまりとした造りであった。

小さいという燈火の評価は、まあ正しい。

だが、その敷地内でも一際目立つ部分がある。

「なにあれ」

「お目が高い」

九十九はパチンと指を鳴らしてみせる。

圓満寺のお堂を飾るのは、色とりどりの飾りだ。近づくと、お手玉のようなものが数え切れないほどぶらさがっていた。

「お結び玉っていうんだよ」

梁《はり》から長い紐がたくさん垂れており、そこに様々な色のちりめん生地で作られたお結び玉が結びつけられている。赤やピンク、黄色、オレンジなど華やかだ。とてもカラフルで美しかった。

「綺麗」

まるで、カーテンのようだ。

お結び玉がさがっている面積は、さほど大きくない。小さなお堂の外側にある壁が二面、お結び玉のカーテンで埋まっている程度だ。それでも、写真を撮るには充分だろう。若い女性が楽しそうに、スマホで写真撮影に興じていた。

「フォトジェニックって、呼ぶのかな？　女性に人気の新しいスポットだよ。願いごとを書いて、絵馬みたいに結ぶの」

「新しいの……？　ここ」

燈火は不思議そうな顔だった。

「お寺は古いけど、お結び玉の習慣は新しいんだよね」

圓満寺そのものは古いお寺である。ずっと道後を火災から守ってきている歴史があった。

だが、このお結び玉は、最近の試みなのだ。「道後温泉開運めぐり」というプロジェクトの一環としてはじまった。

お結び玉は、道後温泉のシンボルである「湯の玉」をイメージして地元の人々が作っている。同時に、地元出身の俳人による俳句恋みくじや、俳句の絵馬も設置されていた。

昔ながらのお寺に新しい風を持ち込んだのだ。

観光客向けのプロジェクトだが、圓満寺は火除《ひよ》けの御利益が転じて、浮気封じや夫婦円満、恋愛成就の役割を持つ。

伝統を守りながら、新しさを取り入れていく。

本館の改修工事を筆頭に、道後の街は少しずつ変わっているのだ。

「あら、いらっしゃい」

急に声をかけられて、燈火がギョッと肩を震わせていた。九十九は多少の慣れがあるので、平生のままだ。と言っても、いきなり現れると結構驚く……燈火があまりにいい反応だったので、逆に冷静になれたのかもしれない。

「こんにちは、火除け地蔵様」

お堂の中は一段高くなっており、ござが敷かれている。そこに腰かけて笑うのは、火除け地蔵であった。

白くて滑らかな肌に、鮮やかな紅色の唇がよく映える。目が覚めるような色合いの浴衣が似つかわしい。

「地蔵？　え、ええ……地蔵？」

九十九が火除け地蔵と呼んだので、燈火が聞き返した。

混乱しているようだ。

「燈火ちゃん、こちらは火除け地蔵様だよ。湯の大地蔵尊のほうが、たぶんメジャーな呼び方なんだけど、うちでは火除け地蔵様って呼んでるの」

「こちらって……こちら？　お地蔵さんって感じがしない……」

まあ、たしかに……火除け地蔵の派手な見目は、一般的な地蔵のイメージとは違う。しかし、火除け地蔵の容姿は九十九にとって馴染み深くなっている。幼いころから見慣れた姿だった。

「ちなみに、火除け地蔵様の本体はそっちね」

「そっちって……これ⁉　これ、お地蔵さんなの⁉」

あまり大きな声を出さない燈火が、思わず叫んでしまった。

というのも……やはり、火除け地蔵そのものが一般的な地蔵のイメージと乖離《かいり》しているのだ。

お堂の中に鎮座するのは、見あげるほど大きい地蔵菩薩。ここまで来ると、像などと呼んだほうがいいかもしれない。大仏にしては小さいが、地蔵にしてはずいぶんと大きかった。

色鮮やかな着物や白い肌、真っ赤な唇は、今、手をふってウインクしている火除け地蔵と共通するものがある。

「雑に、〝これ〟なんて言い方はないんじゃないかしら……でも、驚いてもらえると、お姉さん嬉しいわ」

火除け地蔵は言いながら、燈火の前に立つ。背が高い火除け地蔵を見あげて、燈火は「お、お姉さん？　いや、おネエさんじゃないかな……？」などとつぶやいている。まあ、そこは同意するが、言わない……。

「結んでいきなさいな」

笑みが優美で、思わず見惚《みと》れてしまいそうだった。火除け地蔵は三方《さんぼう》に盛られたお結び玉を一つ、燈火の手にのせてくれる。

「あ、はい……可愛い」

手にのったお結び玉をながめて、燈火は思わずつぶやいている。いつもの服装がトゲトゲしているので心配したが、可愛いものも好むようだ。

「九十九ちゃんも」

火除け地蔵は、九十九の手にもお結び玉をにぎらせた。

「恋のおねがい、聞いてあげるわよ」

細字用フェルトペンも一緒に渡される。

お結び玉は、ただ紐に結ぶだけではない。ねがいを書いて結ぶのだ。変わった絵馬である。

「恋……」

九十九はどうしようか考えて止まってしまう。

そういえば、圓満寺は浮気封じや夫婦円満、良縁祈願など恋にまつわる御利益がある。ほかにも、家内安全や延命長寿などが有効なので、そちらにしたいのだが……だって、恋って……九十九は自分の顔が赤くなっていくのを感じる。

頭の中で、シロが尻尾をふりながらこちらを見ていた。姿を容易に想像できてしまう自分が悔しい。

「できた」

一方の燈火は、とてもスラスラとお結び玉に細字用フェルトペンを滑らせた。単純明快シンプルに、「彼氏ができますように」だった。

燈火は書きあがったお結び玉を手早く結ぶ。ここまで、まったく迷いがない。うらやましい。清々しい。

「ところで、おネエさ……いや、お姉さん。メイク、なに使ってるの？　洗顔は？　お肌が綺麗ですね……」

燈火は珍しく口数多く火除け地蔵に質問していた。お化粧や美容に関する話が好きなのだろう。見目麗しい火除け地蔵に、興味津々だ。

とはいえ、火除け地蔵は人間ではない。お化粧と言われても困るかもしれないが……しかし、九十九の心配は杞憂だった。

「ヒミツよ」

模範解答だった。

燈火は不満そうだが、どこか納得したようだ。

「そ、そうですか……すごく気になって、つい」

「いいのよ、ありがとう。でも、そうね。こういうお化粧はいいのだけど……あなたアイシャドウは、グリーンよりブラウン系のほうが似合うわよ。試してみたら？」

「な、なるほど！」

火除け地蔵の助言に、燈火が生き生きしている。

そんな二人を横目に、九十九はこっそりとお結び玉にねがいを書いておく。

恋のねがい……思いつかないわけではない。

しかし、なんとなく書く気になれなかったのだ。

結局、赤色のお結び玉に、「みんなが元気に暮らせますように」と書く。家内安全、健康長寿のおねがいだ。

九十九はそそくさと、お結び玉を結びつけた。

「またあとで書きに来てもいいわよ」

けれども、ふと耳元で声がしたような気がする。

ふり返っても、火除け地蔵は燈火とお化粧トークを続けていた。それなのに……九十九のショルダーバッグの中には、もう一つ、黄色のお結び玉が入っている。

いつの間に。

九十九が眉を寄せていると、火除け地蔵が微笑んだ。

お結び玉に書いたおねがいは、嘘ではない。

だが、火除け地蔵には見透かされていたのだろう――。

4

鶯《うぐいす》色の着物の袖をふりふり。

菊の髪飾りも、帯もおちついた色合いだ。それでも、柄が華やかなので可憐に調和がとれている。

今日は燈火と道後を観光した。

プリンを食べて、足湯して、パワースポット巡りをして……最後は飛鳥乃湯泉《あすかのゆ》につかって帰った。飛鳥乃湯泉では、休憩室で茶と菓子を堪能できる。道後温泉の別館として建てられた、新しいスポットだった。

個室や広間での休憩サービスは、道後温泉本館で行われてきたものと同じだ。現在は改装工事中で利用できないが、飛鳥乃湯泉では堪能できる。

さらに、本館の名所の一つである又新殿《ゆうしんでん》を模した浴場もあるのが面白い。又新殿は皇族専用の浴室だ。それを飛鳥乃湯泉で再現し、一般の人でも入浴を体験できる仕組みだった。

今回は大浴場だけの利用となったが、非常に魅力がある名所となっている。燈火は初めて入ったようで、終始、感激してくれていた。

今日は新しいところを中心に回ったが、まだまだ足りない。ちなみに、リーズナブルさを追求したので、水分補給のジュースもあわせて一日で二千円も使っていなかった。

もちろん、九十九も楽しんだ。

京《みやこ》や小夜子だと、慣れているので名所巡りなどしない。面白そうな事柄があれば、ピンポイントで赴くことが多かった。

お客様相手と、友達とは違う。友達同士での観光は久々だった。

「九十九！」

さてさて、楽しい思い出もそこそこにお仕事お仕事。

九十九が気持ちを切り替えていると、不意にというか、案の定というか……背後から話しかけられた。

「何故《なにゆえ》、儂を連れて行ってくれなかったのだ！」

「はいはい、そう言われるような気がしていましたよ！」

どこからわいてきたのか。シロがうしろから抱きつこうとしてくる。九十九は、それをサッと避けて廊下を歩いた。

「使い魔まで無視しおって！」

「だって、話しかけたら燈火ちゃんに説明しないといけないじゃないですか」

燈火は京などと違って、見たり感じたりすることができる。

当然、シロに話しかければ、普通の動物ではないとわかってしまう。そうなると、とても説明が面倒な気がするのだ。大学生なのに結婚しているとか、相手は神様とか……まだそういうのは伝えなくていい。

「説明すればよかろう。完全無欠で美丈夫《イケメン》な最愛の夫である、と！」

「誰が完全無欠でイケメンなんですか。寝言ですか」

「起きておる」

たしかに顔は恐ろしく整っているが、それはそれ。これはこれ。もっと威厳のある態度とおちつきを見せてから、完全無欠と名乗ってほしいものだ。

「儂は置いていかれて寂しかったのだ！」

「だから、もうちょっと神様っぽい威厳とか、風格とか、そういうのないんですか。子供ですか！」

「儂を何歳児だと思っておる」

「そんな――」


――悠久のときが欲しいか。


頭を言葉が過《よぎ》った。

シロの……いや、天之御中主神《あめのみなかぬしのかみ》の言葉だ。

そのせいで、九十九はつい口を閉ざしてしまう。

あれは、九十九に天之御中主神の巫女となれという誘いだった。稲荷神《いなりのかみ》白夜命《びゃくやのみこと》の巫女を辞し、そして……人であることをやめろという。

誘いにのれば、永遠の時間が手に入るのかもしれない。

そうすれば、シロとずっと一緒にいられる。

でも、シロ様は、それを望むのかな……？

九十九がその選択をした場合、シロは喜ぶのだろうか。

衝動的に、聞いてみたくなった。

怖い。

きっと、シロは喜ばない気がする。悩ませてしまう。困らせるだろう。そんな顔が目に浮かぶのだ。

けれども、それは最初のうちだけで……もしかすると、時間が経てば、最良の道だったと納得してくれる気もした。気持ちとの折り合いがつけば、受け入れるのではないか。なにせ、シロには長い長い時間があるのだ。

希望的観測だろうか。

そうなってほしいという、都合がいい願望かもしれない。

だが……それは、そのときが来なければ、わからないことだ。

『であれば、それでよかろう？』

目を伏せていた九十九に、声がおりてきた。

正面に立つシロの声。だが、シロではない。

同じ声なのに、すぐにわかった。

「…………」

九十九は息を呑んだ。

心臓がバクバクと音を立てて高鳴っている。毛穴という毛穴から、汗が噴き出てきそうだった。ゾクゾクと背筋に悪寒が走って、身体が縮こまってしまう。

天之御中主神だ。

表に出てくることは滅多にない。普段は隠れている。

無言が続くのに、ずっと圧を感じていた。シロとは明らかに違う空気に、九十九は押しつぶされてしまいそうだ。

「天之御中主神様」

しかし、九十九はその名を呼び、スゥっと息を吐く。呼気が細く長くなるように心がけると、自然に鼓動がおちついてくる。そして、吸気がスムーズに肺に取り込まれていった。

顔をあげると、紫水晶のような瞳が見おろしている。不思議に透きとおり、魅入られてしまいそうだ。迷い込めば後戻りできない。そんな恐怖を感じる。

「お話ししたいと思っていました」

今度は、大丈夫だ。

天之御中主神を前にしても、声が出た。ちゃんと言葉になっている。

九十九は空気に呑まれぬよう、必死に背筋を伸ばす。もちろん、虚勢だ。九十九には抵抗の術などないが、だからと言って萎縮していては話もできない。

天之御中主神が薄く笑う。

『我《わし》の巫女となるか？』

やはり、九十九を試すような問いだった。

間違えたら、どうしよう……。

怖くてたまらなくなってしまう。

「それは……正直なところ、わたしには答えが出せません」

九十九は正しい解を出す自信がなかった。自分が絶対に間違えていないと、胸を張れないのだ。

それでも、言わないと。

「天之御中主神様はシロ様に役目を押しつけている気がします。実際に長い時間を過ごすのはシロ様で……ずっと、あなたは役割を放棄しているじゃないですか。それで、今度はわたしに巫女となれと問うのは、どういうおつもりなのか知りたいと思いました」

正解は出せない。

九十九の虚勢など、見透かされているだろう。

嘘は見破られる。

だったら、正直に言うしかない。

逆鱗に触れてしまうだろうか。しかし、九十九には、天之御中主神が人間を積極的に害するようには思えなかったのだ。

『我に問うか』

天之御中主神は興味深そうに九十九をながめ、自らの顎《あご》に触れた。意外、という反応だ。

『月子《つきこ》に似ているような、まったく異質のような……其方《そなた》は難解な女だの』

そんなに難解だろうか。九十九は眉を寄せてしまった。

『我は其方の欲する選択を与えたつもりであったが。其の結果に対する責を負うのは我ではない。無論、決断するのも――我が決める事柄ではないのだ』

気まぐれ。戯れ。そのような言葉が透けて見えてきた。さして意味はなく、すべては些《さ》事《じ》だと言いたげだ。

天之御中主神らしい、というより、神様らしい返答だと感じる。

それをおかしいとも思っていない。丸投げだとか、怠惰だとか、そう気づく感性が欠落しているのだ。

天之御中主神は常に自分を物事の外側に置いている。

誰かに選択を迫るが、自身では決めない。

それが天之御中主神の在り方だからだ。原初《はじまり》より世に出《い》で、終焉《おわり》まで見守るのが役目の神様。自ら事を成すのではなく、助力し、選択を迫り、災いも幸福ももたらす。

実に神様らしい思考であった。

天之御中主神に、九十九の問いは無意味であるとわからされる。

『我は其方が望むものを与えようと言っておるだけだ』

他意はないのだろう。この神は、与えた選択肢に対して起こった物事を、ただ観測しているだけなのだ。

その責を問うた唯一の人間が月子であった。それだけだ。

九十九は月子にはなれない。

あんなに強くなかった。

「わたしは……」

九十九はシロが好きだ。

どうしようもない駄目夫で、だらしがない。神様の威厳も、ときどきしかない。旅館を手伝わずに、いつもテレビばかり見ている。

それでも、ふとした瞬間、九十九はシロのことを考えていた。今、このときだって、ずっとシロについて考えている。そして、そんな自分を、九十九はなぜだか嫌いではなかった。

シロと一緒にいたい。

――また置いて逝かれるのは、嫌だ。

シロを独りになんてしたくない。

月子がいなくなってから、九十九に出会うまで、彼は孤独だった。永い孤独のときを過ごしてきたのだ。

湯築屋があっても。代々の巫女がいても……。

天之御中主神の巫女になれば、シロを独りにしなくてもいい。シロを困らせるし、もしかすると、怒らせてしまうかもしれないが……だが、それ以上の魅力がある選択だとも思えていた。

九十九が永遠に生きるなら、子孫が湯築の巫女を代々継がなくてもいい。登季子《ときこ》のような女性が、迷わず巫女以外の道を歩める。

しかし――。

「選べません」

選べない。

選んでしまうと、九十九は人ではなくなってしまう。

その選択を誰が喜んでくれるだろう。登季子や幸一《こういち》は、どう感じるだろう。京や小夜子、燈火とは、どうやって接すればいい。

シロは独りにならないだろう。

でも、九十九は……シロ以外のなにもかも一切を捨てなければならなかった。

そのような選択は……できない。

だが、断れもしなかった。

九十九には、選べないのだ。

『そうか』

つまらない。興ざめした。

そんな顔で、天之御中主神は息をつく。

『まあよい。気が向いたら呼べ』

天之御中主神は九十九の髪に触れる。

しゅるりと、簪《かんざし》を引き抜かれた。九十九の長い髪が肩に落ちて広がる。天之御中主神は、そのひと房を指ですくいあげた。

天之御中主神がすくった髪が途中で切れてしまう。刃物を使ったわけではなく、まるで、クリームが溶けるような自然さであった。

切られた毛先が、ふわりと舞いあがるように散る。

風もないのに、ひらりひらりと漂い、やがて、真っ白い羽根へと変化した。その羽根が天之御中主神の手の中に集まり、一つの形となっていく。

純白の肌守りだった。

九十九がシロの髪をおさめている肌守りと、対になるような意匠だ。

天之御中主神は、肌守りを九十九に持たせた。

「あの、これは……？」

強い神気だ。

シロのものではない。

天之御中主神でもなかった。

九十九自身の神気が込められている。

「九十九」

問いに答えたのは、天之御中主神ではなかった。

琥珀《こはく》色の瞳が不思議そうに、九十九をのぞき込んでいる。

「シロ様……ですね」

天之御中主神は、またさがってしまったようだ。

シロはキョトンと、九十九を見ていた。が、やがて状況を把握したのか、表情をくもらせていく。

「儂ではなかったのだな」

九十九は肯定の言葉を発しなかったが、悟ったらしい。不快感をあらわにしながら、自分の手におさまった九十九の簪を見おろしている。

「すまぬ」

「どうして謝るんですか……」

質問に答える代わりに、シロは九十九の髪に触れる。それだけで、解けていた髪があっという間にまとまっていった。神様の力があれば、髪型も一瞬で整う。最後に、シロは九十九に簪を挿してくれた。

ただ、天之御中主神に切られた髪のひと房だけは、短くておさまらない。

「九十九」

頭に、シロが唇を押し当てる。

短くなった髪にキスしているのだ。

「シロ様」

九十九は逃げずに、シロの頭をなでた。少し屈んでいたので、容易に手が届く。絹のような髪がサラサラとしていて気持ちがいい。頭の耳に触れると、ぴくりと動く。

体温がとても温かい。

九十九には選べなかった。

この時間を永遠に過ごすべきなのか。

それとも、シロを置いていくべきなのか。

シロに決めてもらえば、すっきりするのだろうか――。

シロが選んでくれれば、九十九は納得できるのか。

だが、それも違うと感じる。
他者に決められた選択を、易々と自分が納得できるとは思えない。
絶対に後悔が残る。
この選択はシロに委ねるべきではない。
九十九自身が選ぶしかないのだ。

終．願いを結びます

夏の道後《どうご》温泉街は、とくに浴衣で歩く人が目立つ。ホテルなどで貸し出すサービスもあり、華やいだ女性観光客の姿が多く見られた。

陽射しが刺すように痛い。今年は全国的な猛暑だと、テレビのニュースでも報じられていた。

「暑い……」

九十九《つくも》は額に浮かんだ汗を、ハンカチで拭った。

業務の隙間を見つけて抜けてきたので、着物だ。湯築屋の結界では気温の変化がないため、そのまま出てきてしまった。暑い。私服か浴衣に着替えてくるべきだった……。けれども、後悔しても遅く、足早に目的地へ向かう。

手に黄色のお結び玉をにぎりしめる。

道後温泉本館の南側。

やや狭く感じる道へ入り、緩い坂をのぼっていく。

圓満寺《えんまんじ》。

初見では見落としてしまいそうな小さなお寺に、九十九は素早く駆け寄った。もうこの時点で結構な汗をかいている。早く湯築屋へ帰らないと、熱中症になりそうだった。

お堂には、たくさんのお結び玉が垂れ下がっている。パッチワークで作ったカーテンのようだ。

探すと、昨日、九十九が結んだ赤いお結び玉もあった。

九十九は、その近くに、今日持参した黄色いお結び玉をつけようとする。

「いらっしゃい」

お結び玉についた紐に指をかけた瞬間、背後から声がした。九十九がドキリとする間もなく、大きめの手が添えられる。

「火除《ひよ》け地蔵様……」

九十九は微笑むが、火除け地蔵はやや渋い顔であった。

お結び玉を凝視していた。

「九十九ちゃん。そうねがうなら、あたしは別に止めないわ。いいねがいだと思うけど……でも、自分を大事にしなさい」

「え……」

なにか、おかしかっただろうか。

九十九が問う前に、火除け地蔵はお結び玉を取りあげてしまった。

「あまり、人のねがいに口は出したくないんだけどねぇ」